Je t'attends
à Peggy's Cove

C'est grâce à un programme d'aide à la traduction du Conseil des Arts du Canada que les Éditions Pierre Tisseyre ont mis sur pied, en 1980, la collection des Deux solitudes, jeunesse, dans le but de faire connaître aux jeunes lecteurs francophones du Québec et des autres provinces les ouvrages les plus importants de la littérature canadienne-anglaise.

Ce même programme permet aussi aux œuvres marquantes de nos écrivains d'être traduites en anglais.

Déjà plus d'une trentaine d'ouvrages, choisis pour leur qualité, leur intérêt et leur originalité, font honneur à cette collection, qui fut, jusqu'à l'automne 1989, dirigée par Paule Daveluy et, depuis, par Marie-Andrée Clermont.

BRIAN DOYLE

JE T'ATTENDS
À PEGGY'S COVE

traduit de l'anglais par
Claude Aubry

ÉDITIONS PIERRE TISSEYRE
8925, boulevard Saint-Laurent — Montréal, H2N 1M5

Dépôt légal: 3e trimestre 1991
Bibliothèque nationale du Canada
Bibliothèque nationale du Québec

Données de catalogage avant publication (Canada)

Doyle, Brian

[You can pick me up at Peggy's Cove. Français]

Je t'attends à Peggy's Cove

(Collection des deux solitudes. Jeunesse).
Traduction de: You can pick me up at Peggy's Cove.
Pour les jeunes.

ISBN 2-89051-067-0

I. Titre. II. Titre: You can pick me up at Peggy's Cove.
Français. III. Collection.

PS8595.I53B3314 1991   jC813' .54   C91-096481-5
PS9595.I53B3314 1991
PZ23.W53Ba 1991

L'édition originale en langue anglaise
de cet ouvrage a été publiée par
Groundwood Books, Toronto (Ont.)
sous le titre
You can pick me up at Peggy's Cove
Copyright © Brian Doyle 1979

Illustration de la couverture :
Ronald Du Repos

Copyright © Ottawa, Canada, 1982
Éditions Pierre Tisseyre
ISBN-2-89051-067-0
Réédition en format poche :1991

* Certificat d'honneur de l'Union internationale pour les livres de jeunesse, pour la traduction (IBBY).

COLLECTION DES DEUX SOLITUDES, JEUNESSE
grand format

OUVRAGES PARUS DANS CETTE COLLECTION:

* Certificat d'honneur de l'Union internationale pour les livres de jeunesse, pour la traduction (IBBY).

Goût de mer

Une cinquantaine de mouettes
Accrochées à une butte étincelante
Comme des flocons de neige sur
une couronne de granit,
Leurs têtes orientées dans toutes les directions,
Adhèrent à la mousse glaciaire
et à la glaise
De ce roc que lave la mer.

Des herbes immobiles et brillantes
Baignent dans la brume
Qui suinte de la mer. . .
Aujourd'hui, le soleil est pâle et froid.

Une bouée lance son sifflement sonore...
Inquiétante incertitude !...

Extrait de *A trunk under my bed*
de Charlotte Duff

1

coute!

Les gens disent que lorsqu'un papa quitte la maison, c'est plus dur pour la fille que pour le fils. C'est faux. Je suis un garçon et je crois que c'est plus dur pour le fils. Tu vois, mon père s'est sauvé, alors ma mère a envoyé ma sœur Megan à Vancouver, où elle devait passer l'été chez mon oncle. Quant à moi, elle m'a expédié à Peggy's Cove, en Nouvelle-Écosse, chez ma tante Fay.

Maman nous a dit qu'elle passerait l'été seule à Ottawa, afin de se concentrer sur les moyens de ramener papa à la maison. Il agissait d'une façon étrange à cause de l'A.C. L'A.C. survient quand quelqu'un approche des quarante-cinq ans et commence à agir un peu différemment, car alors on commence à penser à la mort ou à la vieillesse ou à d'autres choses de ce genre. A.C. veut dire l'âge critique. C'est grand-mère qui a imaginé ces initiales, afin de nous empêcher de comprendre lorsque maman et elle parlaient de l'âge critique. Il y a des gens qui pensent que c'est une sorte de secret. Alors j'ai tout de suite demandé à maman de m'expliquer et elle m'a dévoilé toute l'affaire. Maman ne croit pas aux cachotteries avec les enfants. Et encore moins en se servant d'initiales.

De toute façon, l'A.C. leur fait faire de bien drôles de choses. Je crois que le mot juste pour qualifier leur comportement est «imprévisible». Comme lorsque papa a jeté notre récepteur de radio par la fenêtre de la cuisine à cause de quelque chose qu'avait dit un annonceur sur le système métrique. L'appareil et les débris de verre atterrirent sur le capot de la voiture de notre voisin. À ce moment-là le récepteur émettait à pleine puissance. Papa passa la tête à travers la fenêtre sans carreau, alors que le voisin se tenait devant sa voiture, fixant d'un regard ébahi le récepteur et les débris sur le capot. Papa lui demanda très poliment s'il pourrait en baisser quelque peu le volume. Vous auriez dû voir le regard que lui jeta le voisin! Mais, vous auriez dû voir aussi le regard de papa!

Il y eut cette fois où notre voiture tomba en panne sur le Queensway. Pape en sortit et laissa le voiture là tout simplement, sans le dire à qui que ce soit. Quand maman lui demanda où était la voiture, il lui dit qu'il l'avait perdue.

Une fois, il fit un grand discours sur la stupidité incroyable de notre chat. Un jour de pluie, à peine l'avait-il fait entrer par la porte de derrière, que le chat se dirigea immédiatement vers la porte de la rue et voulut sortir. Notre chat fait toujours ça. Il s'imagine que peut-être il ne pleut pas devant la maison et qu'il peut s'y étendre au soleil.

— Voilà bien le chat le plus stupide de la planète Terre, dit-il avec force. Ça fait presque neuf ans qu'il vit dans cette maison et il croit encore que les choses devant la maison sont différentes de celles qui sont derrière. Et regardez-moi ce sourire stupide sur sa face! Ce chat est un arriéré!

Puis il prit le chat et plaqua sa figure contre la sienne:

— Il pleut des deux côtés de la maison. Des deux côtés. En avant et en arrière. Tu comprends? Il pleut ici et là-bas, en arrière. Ça s'appelle DEHORS. C'est comme ça que ça s'appelle!

Le chat ramena ses oreilles bien en arrière et lui sourit tout simplement. Et papa lui rendit son sourire comme s'il avait senti qu'ils s'étaient compris l'un l'autre.

Quelques jours plus tard, papa se sauvait de la maison.

Et alors je fus en route vers Peggy's Cove pour y passer l'été.

Maman me conduisit à l'aéroport d'Ottawa et me donna quelques dernières directives, tout spécialement sur mes vêtements, sur l'aide que je devais donner à tante Fay, et me dit de ne pas m'inquiéter. Elle ajouta qu'elle me ferait savoir où est papa dès qu'elle le saurait.

Je remarquai qu'elle me serrait contre elle plus longtemps que d'habitude et je sentis que j'allais peut-être pleurer, mais je savais qu'il valait mieux ne pas le faire.

Le long de la rampe qui menait à l'avion, je regardai une fois derrière moi pour lui faire un signe d'adieu, mais elle se dirigeait déjà vers le sortie. Elle marchait assez vite, presque au pas militaire, comme elle fait quand elle est vraiment déterminée.

Dans l'avion, l'homme assis à côté de moi n'en finissait pas de laisser son genou reposer sur ma jambe. Je déteste cela. Ça me tracasse. Je ne sais pas s'il s'en rendait compte ou non, mais ça n'avait pas d'importance. Je n'aimais quand même pas ça. Alors j'appuyai mes deux genoux contre le mur, lui tournai le dos et plaquai mon visage dans l'encadrement du hublot.

Tout ce que je pus voir, ce fut des nuages durant tout le vol. Des nuages et le moteur fixé à l'aile qui oscillait comme si elle allait se détacher de l'avion à tout moment.

Je commençai à penser à papa pour éviter d'imaginer que notre avion s'écraserait bientôt.

Je pensai au fait que papa essayait toujours de me faire lire au lit avant que je m'endorme le soir. Lui, il lisait toujours un livre avant de dormir. Il voulait que je fasse la même chose. Il jetait toujours toutes sortes de livres sur mon lit et me poussait à les essayer.

— Lis seulement la première page, me disait-il. Peut-être le trouveras-tu intéressant.

Mais, à ce moment-là, je m'intéressais surtout à l'électronique. Je construisais mon propre stéréo agrémenté de lumières disco et d'un tableau de contacts synchronisant les lumières et la musique. J'avais une vieille pédale de dictaphone que grand-mère m'avait donnée et je voulais la fixer à mon tableau. C'est ce à quoi je travaillais au lit le soir au lieu de lire.

Papa risquait un coup d'œil dans ma chambre par la porte entrouverte et me voyait assis dans le lit, entouré de tout un bric-à-brac de fils électriques, de ruban adhésif, d'une partie de mon tableau et de matériel pour mon amplificateur que j'avais trouvé dans les ordures derrière la boutique de télé près de chez nous.

— Comment va la lecture? me demandait-il, la tête dans l'embrasure de la porte.

Puis il voyait tout le bric-à-brac sur mon lit et son visage prenait une expression de dégoût. Puis, un soir, nous étions chacun dans notre chambre, dans notre lit, la lumière allumée: maman était encore en bas au salon. Il me cria:

— Pourquoi n'apportes-tu pas ton livre ici? On va lire tous les deux ensemble. Je lirai mon livre et tu liras le tien.

Je savais qu'il aurait été insulté si je ne l'avais pas rejoint. Alors je pris le premier livre qui me tomba sous la main.

C'était un catalogue pour les consommateurs. Je sautai sur son lit du côté de ma mère, allumai la lumière et ajustai le livre comme papa l'avait fait. Puis il jeta un regard vers moi et vit ce que je lisais:

— Ce n'est pas un livre, dit-il avec un soupir et un air désabusé.

Mais j'avais mes plans. J'éteignis la lumière, me levai et me dirigeai vers la porte, d'une façon assez théâtrale, et je prononçai un discours comme on en prononce à la télé. Avez-vous déjà remarqué que, dans les films ou à la télé, les gens sont toujours à une porte, l'ouvrent, se retournent et font une harangue, puis disparaissent? J'appelle ça un discours de porte.

Je saisis la poignée de porte, me retournai et dis:

–– Ne sais-tu pas que je ne suis pas comme toi? Je ne suis pas comme toi. Est-ce que je dois faire tout ce que tu fais?

Puis je sortis en claquant la porte.

Plus tard, papa m'a dit que j'avais bien parlé, puis il m'a mis au courant d'un discours de porte qu'il avait fait un jour et qui fut un échec.

14

Un jour, à son travail, papa harangua son patron. Puis il essaya de claquer la porte, mais elle était accrochée à un système qui l'empêchait de claquer. Alors la porte se referma de la façon la plus polie et cela ruina tout l'effet de son discours. Pauvre vieux papa! Il me' faisait rire chaque fois qu'il me racontait ces histoires.

Je pensais à toutes sortes de choses à propos de papa tout en surveillant le moteur fixé à l'aile branlante de l'avion.

Je m'imaginais que si le moteur tombait, l'avion s'écraserait et que tout le monde périrait excepté moi, et j'aboutirais dans quelque hôpital à Halifax, puis je m'éveillerais et je verrais mon père debout près de mon lit.

Je poussai sans doute un soupir car l'homme à côté de moi me demanda si j'avais peur. La pensée me vint que son genou me rejoindrait encore.

Je l'ignorai tout simplement et continuai de penser à papa. Je me demandais pourquoi il nous avait laissés comme il l'avait fait.

Bientôt le panneau s'alluma, nous demandant de boucler nos ceintures, et soudain nous sortîmes des nuages. Maintenant, je pouvais voir Halifax et l'océan tout au-dessous de nous.

Et je pense que je n'ai pas à te le mentionner: il n'y a pas eu d'écrasement.

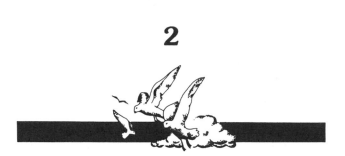

2

Avant même de m'en rendre compte, j'étais déjà avec tante Fay dans sa voiture, en route pour Peggy's Cove.

Ma tante Fay a un beau visage. Ses yeux sont très espacés sous un vaste front dont mon père dit qu'il dénote l'intelligence.

Quand elle rit, elle rejette la tête en arrière, ouvre grande sa bouche et tout son corps s'agite, mais elle n'émet pas des bruits de rires. D'abord, elle ne fait que s'agiter. Puis, juste au moment où elle finit de rire, elle lance un son. Comme un chien qui aboie une fois dans la nuit, s'il est attaché dans la cour, s'il s'ennuie et s'il pleut un peu.

De toute façon, tante Fay me disait que j'aurais ma chambre en haut de sa maison, derrière la boutique et que j'aurais beaucoup de temps pour tout explorer à Peggy's Cove, parce que j'avais deux mois devant moi et Peggy's Cove n'était pas bien grand. Mais elle ajouta que, même si Peggy's Cove était petit, il renfermerait assez de choses intéressantes pour me tenir occupé.

— Est-ce qu'il y a des enfants de mon âge?

— Non. Le village ne comprend que trente maisons et tous les enfants sont maintenant des adultes et sont partis. Quelques-uns seulement sont restés pour devenir pêcheurs. Il y aura, bien sûr, des milliers d'enfants, mais de passage seulement. Des enfants de touristes. Tu ne pourras faire connaissance avec aucun d'eux pour plus de trois heures.

Nous roulions le long de la côte, tout près de la mer. Je ne pouvais en détacher mes yeux. Tant d'eau, ici bleue, là verte, noire plus loin. La seule autre fois où j'avais vu la mer, ce fut lorsque papa nous amena dans l'Ouest. Je ne me souviens pas bien de l'océan Pacifique. J'étais probablement trop jeune alors, ou trop fatigué pour l'apprécier.

— Pourrions-nous arrêter ici, tout près de la mer?

— Bien sûr.

Nous nous sommes engagés dans une petite route où nous avons garé la voiture. Puis nous avons marché sur la plage. J'escaladai des rochers et je me tins debout, les mains sur les hanches, regardant l'écume blanche envahir les rochers en montant par les crevasses et repartir en une eau verte.

Je me faisais des peurs, pensant à toutes sortes de choses folles, surtout à propos de papa. Ce devait être à cause du bruit de l'océan et de l'odeur saline. Peut-être s'était-il noyé ou quelque chose comme ça. Je m'imaginais le voir flottant sur une des vagues. Son veston était tout gonflé et ses cheveux flottaient comme des algues. Pourquoi était-il parti juste comme ça? Ça me donnait le vertige et me rendait un peu malade; puis j'entendis tante Fay me dire qu'il fallait partir.

Une fois dans la voiture, nous avons parlé de l'A.C. Quand j'en fis mention, tante Fay frappa le volant à quelques reprises, rejeta la tête en arrière et jappa un peu.

— Est-ce qu'ils se servent encore de ces initiales? Je me souviens de les avoir entendues quand j'étais enfant. Nous avions une voisine qui courait dans la rue la nuit en sous-vêtements dans la neige en chantant des airs d'opéra. Quand elle agissait ainsi, les gens hochaient la tête et soupiraient: «l'A.C.»

Je me sentais un peu mieux et le voyage commençait à m'exciter. La circulation se faisait plus intense et tante Fay me bourrait de renseignements au sujet de Peggy's Cove. Des milliers de gens visitent l'endroit chaque jour, mais il n'y a pas de place pour un visiteur qui veut y passer la nuit. Pas d'hôtels, pas de chambres à louer ni de terrains de camping. C'est probablement l'endroit qu'on regarde le plus au Canada, mais c'est tout ce que les gens peuvent faire là: regarder.

— Mais toi, tu as de la chance. Tu feras plus que regarder. Tu vas vivre ici. Tu finiras par connaître les bateaux. Tu pourras voir le poisson qu'on apporte et qu'on nettoie. Tu pourras explorer la côte d'un bout à l'autre, monter même jusqu'au restaurant et au phare. Tu peux même travailler dans ma boutique de souvenirs et m'aider...

— Est-ce que papa est déjà venu ici?

— Oui, une fois.

— Qu'a-t-il fait quand il était ici?

— Taquiné les touristes, surtout.

Je sentais qu'elle voulait distraire ma pensée de papa, car elle recommença à me parler de Peggy's Cove. Elle me dit que tout le monde au Canada connaissait l'endroit, car on le montre continuellement à la télé, dans les périodiques et sur les cartes postales, de sorte que, lorsque les touristes visitent la côte de l'Atlantique, ils ne manquent pas de se rendre à Peggy's Cove et d'y rester quelques heures, pour se rendre ailleurs ensuite.

Puis elle me dit que c'était le village de pêcheurs parfait, à cause des bateaux, des rochers, du phare et des pêcheurs, et qu'à cause de cela, chacun voulait en prendre des photos.

Ensuite elle me dit que chaque place parfaite a son endroit parfait pour une photo parfaite.

— Ma boutique fait face à l'endroit parfait où chacun aime à s'arrêter avec son appareil pour prendre la photo parfaite du parfait village de pêcheurs, m'affirma-t-elle.

Elle ajouta qu'on voit très peu souvent les habitants du village, car ils sont toujours dans leur maison, ou partis à Halifax, ou sur leurs bateaux, de sorte que la plupart des gens que l'on voit sont ceux qui viennent y passer quelques heures dans le but d'acheter des babioles et de prendre la photo parfaite.

La circulation se faisait plus dense et nous n'avancions qu'à pas de tortue. Tante Fay continuait de bavarder à propos de la pêche et des touristes, affirmant que ces deux industries étaient les seules à apporter de l'argent à Peggy's Cove, assurant en outre que sa boutique et le restaurant étaient les deux plus importants lieux de rencontre du village, et aussi que je pourrais peut-être aller à la pêche.

Nous étions tout juste derrière un énorme Winnebago, quand toute la file de voitures s'arrêta subitement. Je ne pouvais rester assis plus longtemps et marchai vers l'avant de la file. Chacun passait la tête par la portière, donnait des coups de klaxon et criait. La file offrait un vaste échantillon de tout ce qui circule sur les routes et de tonnes de matériel. Je m'arrêtai près d'un Winnebago. Les fenêtres étaient pleines de visages de grands-mères et de petits enfants. Les petits braillaient et les grands-mères regardaient droit devant elles. Sur le toit, il y avait un amoncellement de bicyclettes, de tricycles, de canots et un bateau. À l'arrière, ils avaient un pneu de rechange auquel était fixée une moto. De plus, ils remorquaient une Volks-wagen. Il y avait aussi d'autres choses: des tentes, des barbecues, des glacières et des moteurs hors-bord. Ils avaient dû apporter toutes leurs possessions avec eux.

Je voulus faire rire un des petits. Peut-être pourrais-je l'égayer un peu et lui rendre son voyage un peu plus agréable. Ces voyages peuvent être pas mal terribles par-fois. J'en sais quelque chose, car une fois j'ai fait partie d'un voyage d'Ottawa à Van-couver et retour.

Je mis mes pouces dans mes oreilles et sortis la langue; je me mis à loucher, j'agitai mes mains comme des ailes et plaçai mon vi-sage tout contre la fenêtre où se tenait l'enfant. Tous ces efforts ne firent qu'empirer son état. Il enfouit son visage dans le cou de sa grand-mère et se mit à pousser des hurle-ments. La grand-mère me regarda comme si j'étais une sorte de chien galeux.

Papa aurait fait rire l'enfant. J'essayais de faire quelque chose comme papa l'aurait fait. Mais ça n'a pas marché.

Un peu plus loin, je remarquai une famille de quatre personnes sur une roche plate. Il y avait le père, la mère et deux enfants, un garçon et une fille. Cela me fit sentir ma solitude. Puis je vis le père pointer le doigt vers la mer en disant quelque chose. Soudain le garçon lança à l'eau un sandwich ou quelque chose qu'il était censé manger. Le père s'en aperçut, lui saisit le bras et le secoua un peu. La tête de l'enfant allait de l'avant à l'arrière. Ils semblaient s'amuser formidablement. Ma solitude s'enfuit très vite.

Sur la petite route menant à Peggy's Cove, la circulation s'arrêta encore et le chauffeur d'un autre Winnebago descendit, regarda en arrière et en avant, puis donna un coup de sifflet de hockey. Je me rendis compte que nous étions prisonniers au milieu d'un convoi de Winnebagos et que le gars en était le signaleur.

— Parfois, c'est tout comme une parade, dit ma tante.

On recommença d'avancer.

Après une heure de circulation au ralenti, nous descendîmes une côte qui nous amena dans le village de pêcheurs parfait, et nous nous engageâmes dans le passage le long de la boutique de ma tante, juste en face de l'endroit parfait où n'importe qui pouvait prendre la photo parfaite.

Tante Fay me montra ma chambre et je défis mes bagages. Elle dit qu'elle devait se rendre à sa boutique et que je ferais bien d'en profiter pour explorer un peu la place.

Je grimpai la côte vers le phare et le restaurant.

J'observai les touristes qui traversaient la route, entraient et sortaient du phare, se poussaient et criaient pour avoir une idée du phare et regarder la mer. J'étais occupé à remarquer combien ils se ressemblaient tous quand, soudain, une personne dans la foule me sembla différente des autres.

Ce gars-là était assis à côté du restaurant, avec un sac à provisions en plastique entre les genoux, y déposant des pierres et le soupesant chaque fois qu'il ajoutait une autre pierre. Il était plus âgé et plus grand que moi. Il avait des cheveux roux et des boutons. Un de ses pieds battait l'herbe et il sifflait.

Ce soir-là, avant de me coucher, je racontai à tante Fay ce que j'avais vu des touristes et comment la plupart se rendaient au phare pour le toucher et le palper comme une relique.

— Pourquoi font-ils ça? lui demandai-je.

— Ils veulent se rendre compte s'il est réel, répondit-elle. Un grand nombre de gens qui visitent la place ne croient pas qu'il s'agit d'un vrai village, car il est si parfait. Ils s'imaginent qu'ils visitent un village modèle. Ils pensent que c'est une sorte de musée. Ils jettent un coup d'œil à travers les fenêtres des gens et ils vont même jusqu'à pénétrer dans les maisons pour voir comment c'est.

— Je pense que j'ai vu un garçon d'ici.

— Ça ne se peut pas. Il n'y a pas d'enfants dans les alentours.

— Celui-ci semblait plus âgé que moi et n'avait pas l'air d'être un touriste. Il n'était avec personne et n'était pas vêtu comme eux.

Tante Fay me jeta un regard:

— De quoi avait-il l'air?

— Plus grand que moi, cheveux roux, des boutons. Il avait l'air nerveux.

— Cela ressemble à James Drummond. Ce n'est pas le genre de personne que ta mère et ton père aimeraient te voir fréquenter. Il ne vient pas de Peggy's Cove. Il habite sur la côte, près d'Indian Harbour. Mais il flâne beaucoup autour d'ici. Ce n'est pas un garçon bien.

Cela m'a fasciné.

Nerveux et mauvais garçon?

Cela méritait une enquête sérieuse.

3

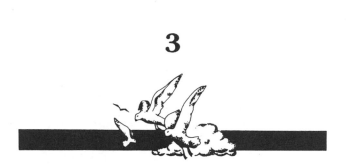

Je le rencontrai deux jours après, dans la soirée.

J'étais assis à une petite table au restaurant quand je me rendis compte qu'on tambourinait non loin de moi. Je me retournai et jetai un regard à la table derrière moi. C'était bien lui. Il frappait la table à un rythme très rapide avec les doigts d'une main et marquait le temps avec l'autre. Il imitait la batterie en frappant un pied de la table avec son pied.

Il continua de plus belle en me regardant droit dans les yeux.

— Je te connais, dit-il. Tu restes dans la boutique à cadeaux. Je t'ai vu sur la véranda.

— Je suis Ryan, lui répondis-je. Et toi tu es James Drummond. Ma tante m'a parlé de toi.

— Mes amis m'appellent «le Tambour».

Il ne détacha pas un instant ses yeux des miens. Il les fixait tout en me parlant. Je me sentais comme hypnotisé. Il me fallut regarder de côté à quelques reprises et feindre de balayer des miettes sur la table.

— Je travaille de nuit de ce temps-ci.

— Tu travailles ici?

— Partout.

— Quelle sorte de travail?

— Tu vois ce sac de plastique décoré du drapeau canadien près de la chaise du touriste là-bas? C'est ce à quoi je travaille dans le moment.

Le Tambour réduisit son rythme à une main, laissa retomber sa main libre le long de sa chaise et leva un sac de plastique identique, affichant aussi le drapeau canadien. À côté, il y avait un autre petit sac.

— Tu peux dire que je suis un pêcheur: je pêche les touristes. Tu veux travailler avec moi ce soir? Sors et va me chercher deux pierres grosses à peu près comme ça.

Il fit avec ses mains une boule de la grosseur d'un pamplemousse. Je ne bougeai pas.

— Bon! vas-tu y aller?

— Pourquoi ces pierres? demandai-je.

— Je te le dirai après que tu les auras apportées.

— Je ne crois pas avoir envie de les apporter à moins que tu ne me dises pourquoi.

— Tu veux pas travailler avec moi?

— Je ne sais pas si je veux ou non.

Son tambourinage commençait à me déranger. Mon pied tapait à son rythme.

— C'est ta dernière chance.

— Que penserais-tu d'aller chercher les pierres toi-même et que j'observe ce que tu en feras? dis-je.

— O.K.! poisson. Mais tu manques l'occasion de ta vie de travailler avec un professionnel.

Puis le Tambour se leva et quitta le restaurant, faisant claquer ses doigts et hochant la tête jusqu'à la sortie.

Je regardai dans son sac de plastique arborant le drapeau canadien. Il contenait des boîtes à cadeaux vides et des journaux froissés. L'autre sac reposait sur le sol près de la chaise.

Il revint avec les pierres et les plaça devant lui sur la table, gardant ses mains libres pour jouer un rapide «tom-tom».

Ses yeux se rapetissèrent pendant qu'il regardait intensément le sac de plastique près de la chaise de la femme-touriste. Toute la famille de celle-ci mangeait et regardait de tous côtés pendant qu'elle mâchonnait. Puis il murmura:

— C'est un sac assez lourd si j'en juge par la façon dont elle l'a apporté. Et elle l'a déposé doucement, comme s'il contenait de la verrerie. Peut-être de la vaisselle ou peut-être une sculpture. La stéatite, c'est ce qu'il y a de mieux. Certaines de ces sculptures esquimaudes valent plus de cent dollars.

C'est alors que je me rendis compte de ce qu'il allait faire. Il allait changer de sac avec la femme-touriste.

Il enveloppa ses pierres dans des journaux, les tassa dans les boîtes à cadeaux, puis fourra les boîtes dans le sac. Pendant ce temps, il sifflait un air très rapide entre ses lèvres et ses genoux montaient et descendaient à une allure folle.

— Maintenant, vérifions le dessus du sac.

Il se leva, passa près de leur table, regarda par la fenêtre et revint.

— Une boîte rectangulaire enveloppée de papier brun qui vient de la boutique de ta tante. C'est bon signe: des choses coûteuses de chez ta tante, probablement une écharpe tricotée à la main ou du cuir travaillé par les Indiens, ou encore une ceinture.

De son autre sac, il sortit une boîte rectangulaire défoncée, une feuille de papier brun et un rouleau de ruban adhésif.

Il était adroit dans l'emballage. Les coins étaient parfaits. De toute évidence, il était très expérimenté.

Il plaça la boîte par-dessus les autres boîtes vides, les journaux et les deux grosses pierres.

— Bon, maintenant vérifions le poids.

De son petit sac, il sortit un minuscule présentoir où étaient accrochés des vues de Peggy's Cove, des phares miniatures et d'autres babioles de touristes montés sur épingles.

Il commença aux deux tables où se trouvait le sac, demandant si on voulait acheter une épingle. La première table n'en acheta aucune. La deuxième en acheta une. Puis il se tint debout avec son sac entre lui et la dame. Pendant qu'il tenait le petit présentoir près de la figure de la dame, il souleva le sac rapidement et le déposa quelques centimètres plus loin, puis marmonna quelque excuse. Ils dirent non et alors il fit deux ou trois autres tables, puis revint.

— Pesant, très pesant, dit-il. Il faudra probablement deux autres pierres. Ça va être une bonne pêche!

Il me regarda pendant qu'il tambourinait une valse.

— Tu vas aller me chercher ces deux autres pierres?

— Je ne pense pas.

— Ta dernière chance de travailler avec un professionnel. O.K.! poisson. L'occasion d'une vie à l'égout!

De retour avec les pierres, il refit le sac avec soin, se tortillant, se crispant, sifflant doucement et tambourinant lorsque ses mains étaient libres.

— Ça va se produire quand ils vont régler leur addition.

À la caisse, la même cohue habituelle: tous se pressaient dans l'étroit passage, entrant, sortant, réglant l'addition, posant des questions, achetant des cartes routières et des cartes postales, tripotant les souvenirs, laissant échapper des colis, comptant la monnaie, criant, disputant, pleurant, bâillant, fouillant jusqu'au coude dans les sacs à main, cherchant les portefeuilles, giflant les gosses et déposant les sacs à provisions sur le parquet, près de leurs jambes.

— Observe les touristes, dit-il, et tu réussiras dans la vie.

Puis il se joignit à la foule.

Le Tambour était aussi souple que la soie. Je l'observai alors qu'il échangeait les sacs à provisions portant le drapeau canadien.

Je me rendis compte, au mouvement de ses lèvres, qu'il sifflait.

Les touristes du Tambour payèrent leur addition, prirent leur sac de boîtes vides et de pierres et partirent.

Le Tambour paya son addition, me fit un petit salut cérémonieux, ouvrit la porte et disparut dans la brume nocturne de Peggy's Cove.

Je quittai le restaurant et marchai vers le phare. Le brouillard s'accrochait aux rochers et la lumière puissante le perçait comme un tunnel. Je pouvais entendre le flux et le reflux de la mer.

Je me demandais ce que le Tambour avait bien pu faire de la marchandise volée. Une partie devait provenir de la boutique de tante

Fay. Peut-être l'avait-il emportée à Halifax et vendue à quelqu'un. Un type de la mafia ou quelqu'un d'autre.

Je me demandais ce que papa penserait de ce gars-là, de ce qu'il avait fait. Il se pourrait que je devienne l'associé du Tambour. Papa n'aimerait pas ça du tout. Et alors? S'il était si intéressé à mon avenir, pourquoi m'avait-il quitté?

Le Tambour et moi pourrions nous associer. Voler de nouveaux touristes chaque jour. Chaque jour, un nouveau filet de poissons. Je pourrais être son homme dans la boutique. Je ne volerais pas tante Fay, mais je pourrais l'informer lorsqu'un crétin achèterait quelque chose de vraiment cher, et l'on travaillerait à partir de là.

Puis, après avoir obtenu du succès, j'achèterais une grosse Cadillac et je déménagerais à Halifax et j'emploierais d'autres idiots pour effectuer la sale besogne et je dirigerais tout cela d'un grand bureau dans la ville, je porterais une bague à chaque doigt, je m'assiérais derrière un bureau de verre et papa se présenterait, la barbe longue et quêtant un dollar pour un verre d'alcool, et je ferais appel à mes gorilles pour le faire débouler jusqu'en bas de l'escalier.

Je revins à la maison dans le brouillard, me sentant moche à la pensée que j'avais eue de jeter papa dans l'escalier, alors qu'en même temps cela m'excitait.

4

Le Tambour était sûrement un voleur. Mais je l'aimais bien. Il avait ce que papa appelait «du style».

«Observe les touristes», m'avait-il dit. C'était aussi ce que me répétait tante Fay. Alors, c'est ce que je fis.

J'observai les touristes, passant devant la boutique par milliers pour se rendre au parfait endroit dans Peggy's Cove.

Juste en face de la véranda où je m'asseyais se trouvait l'endroit unique d'où les touristes voulaient prendre la fameuse photo de la petite baie et du soleil s'enfonçant dans la mer. Ils veulent tous se planter là et prendre leur propre photo carte postale.

Il n'y a qu'une route qui traverse Peggy's Cove et les touristes l'envahissent par les deux bouts.

Voilà un gars en chaise roulante qui dévale la pente à une vitesse incroyable, son appareil volant dans tous les sens: il veut sa propre photo du parfait coucher de soleil.

Il y a des femmes et des hommes, des gros et des maigres, des grands et des petits, et des enfants de tous les âges, avec leur équipement de touristes et leurs appareils-photos, tous courant et tombant les uns sur les autres pour avoir la meilleure place.

Le soleil touche à l'eau et encore plus de touristes dévalent la côte du village.

Le gars en chaise roulante fait une embardée et s'écrase contre les roches. De bonnes âmes le replacent dans sa chaise et le remettent sur la route.

La partie basse du soleil trempe déjà dans l'eau. Il reste encore trois minutes!

Un type qui court avec son appareil autour du cou tombe de tout son long et l'appareil éclate en mille morceaux. Il grogne des mots de touriste pendant qu'il ramasse les morceaux et se fait marcher sur les doigts par d'autres touristes.

Il y a encore des centaines de touristes en route vers le parfait endroit. Il ne reste plus que deux minutes!

Le soleil est à moitié englouti.

Les gens se poussent pour atteindre le parfait endroit. Il y a là une femme sous un gros chapeau flasque. Elle applique son appareil contre son œil. Elle prend une photo de son chapeau.

Le soleil est maintenant aux trois quarts immergé.

Tout le monde crie, s'engueule, se bouscule, met au point et pousse des jurons.

Les touristes qui n'ont pas atteint la première rangée sautent de haut en bas et prennent des photos de gens qui prennent des photos. Trois touristes sont poussés dans la baie et noient leur appareil-photo.

Un homme prend une photo de l'un de ses propres doigts.

Des bambins criaillent et braillent.

Le type dans la chaise roulante est encore en panne sur les roches de l'autre côté de la route. Cette fois, personne ne l'aide. Il laisse sa chaise et essaie de ramper le reste du chemin.

Il ne reste plus beaucoup de temps.

Le soleil ne jette plus qu'un regard furtif à fleur d'eau.

Tante Fay sort de sa boutique et s'installe avec moi sur la véranda. Elle est prête. Dans quelques minutes, le soleil aura disparu dans l'eau et tous les touristes se tasseront dans la boutique pour acheter des milliers de cadeaux coûteux et de souvenirs canadiens.

Tante Fay les attend d'un pied ferme.

Elle rejette sa tête en arrière, rit et émet ce petit cri du chien attaché dans la cour durant la nuit et qui s'ennuie. Puis elle plonge dans la boutique. Au même moment, il faut que je m'efface, car la foule commence à affluer de toutes parts.

C'est dangereux d'être sur la route d'une horde de touristes en mouvement, poussés par la volonté de faire quelque chose.

Puis je vois le Tambour. Il s'est déguisé en touriste. Il porte trois appareils. Je me demande s'ils sont à lui.

5

D urant cette première semaine, je fus vraiment un observateur.

J'ai tout observé et écouté.

J'aimais les pêcheurs. Je les regardais soulever leurs barques au niveau du quai afin de déverser leur poisson dans de grosses cuves près de la table à dépecer. Je voyais des morceaux de poisson voler au-dessus de la table, des mouettes assaillir le quai et des touristes sauter dans toutes les directions.

Et je regardais les pêcheurs laver le quai à grande eau, puis disparaître dans leurs cabanes à pêche.

J'observais les touristes et aidais tante Fay au comptoir dans sa boutique à cadeaux. Je m'éclipsais quand trop de touristes envahissaient la boutique et naturellement je pensais à papa.

Je sentais que j'avais certaines choses à lui dire. Je crois que s'il avait été là avec moi, je lui aurais dit très calmement:

— Te souviens-tu quand grand-papa est mort? Le lendemain des funérailles, j'ai pris un autre jour de congé de l'école, tu m'as acheté un canif dans une boutique de sport sur la rue Bank et, comme nous sortions de la boutique, tu m'as dit que tu avais eu l'impression de voir grand-papa passer devant la vitrine une minute auparavant. Tu te souviens? Et nous avons couru un peu le long de la rue, puis nous nous sommes arrêtés, puis nous avons continué à marcher de nouveau et tu as dit que c'était idiot, que nous n'avions pu le voir parce qu'il était parti pour toujours. Tu te souviens? Et tu as pleuré un peu et tu m'as dit de ne pas m'en faire parce que tu n'avais pas pleuré aux funérailles, et comme il fallait que tu pleures un jour ou l'autre, pourquoi pas sur la rue Bank aussi bien que n'importe où ailleurs? Et c'était ton père, et tu sais ce que tu as ressenti après son départ!

Au cours de ces quelques matins du début, je me réveillais très tôt, avant l'aurore. J'ouvrais les yeux dans l'obscurité profonde de ma chambre et j'entendais, mêlé au bruissement de l'eau le long de la barque, le ronronnement d'un moteur qu'on mettait en marche, puis qui s'éloignait de la baie. Plus tard, quand il y avait une teinte grisâtre dans la fenêtre, je pouvais entendre un autre bateau, puis un autre.

C'étaient les bateaux qui partaient pour leur journée de pêche.

Ce jour-là, j'étais assis sur la véranda de la boutique et regardais la mer. Il était environ trois heures de l'après-midi et les derniers bateaux de pêche étaient déjà rentrés. Après avoir nettoyé les poissons, les pêcheurs avaient disparu dans leurs cabanes à pêche le long du quai.

Derrière moi, les touristes se pressaient dans la boutique. Ils étaient pas mal grognons et certains de leurs mioches braillaient.

Les femmes ouvraient largement leurs sacs à main et leurs portefeuilles et l'argent revolait. Tante Fay l'entassait dans les larges poches de sa robe. Il en tombait aussi sur le plancher et les gens achetaient tout ce qu'ils pouvaient.

Le chat noir de tante Fay dormait près des mitaines de fourrure. Une dame planta son doigt dans la fourrure du chat et demanda:

— Ça, c'est combien?

Le chat ne fit que lui jeter un regard. Alors elle acheta les mitaines à la place. Je décidai que j'en avais assez d'être assis et me rendis au phare, à l'endroit d'où je pouvais voir l'eau s'écraser contre les rochers.

J'allai d'abord au bureau de poste au bas du phare pour voir ce qui s'y passait.

La dame du phare parlait à des touristes pendant qu'elle leur vendait des timbres:

— Oui, c'est bien ce qui est écrit: «Avertissement: la mer et les rochers sont dangereux.»

Je savais qu'elle parlait de la plaque de fer sur le mur du phare. Elle continua son babillage:

— Tout juste le mois dernier, une vague s'est emparée d'un Américain et l'a emporté avec elle.

Elle parlait si calmement que les touristes eux-mêmes devenaient un peu plus calmes. Elle donnait l'impression d'une dame très gentille.

Je sortis et lus la plaque:

AVERTISSEMENT
Blessures et décès
ont été le lot
à cet endroit même
de curieux insouciants.
L'océan et les rochers
sont dangereux.
Savourez la mer de loin.

J'aimai surtout les mots «le lot», «savourez la mer» et «dangereux». Je pensai à papa. Je me demandai s'il se rendait compte à quel point c'était «dangereux» d'être ici.

Je descendis jusqu'au bord où l'eau m'aspergea la figure. Je savourais la mer de près.

Je m'avançai davantage sur les rochers. Je me rendis compte que chaque huitième vague montait plus haut que les autres. Je pouvais entendre le son qu'elle émettait en retraitant. Je pensais à l'Américain. Quand la grosse vague se fut retirée, je m'aventurai aussi loin que je pus sur la roche que le limon rendait glissante et sur laquelle la huitième vague à venir s'écraserait, me submergeant en m'emportant avec elle. Cinq... six... sept... Je reculai, je faillis tomber, puis m'effaçai tout juste à temps. La grosse vague s'écrasa à mes pieds et régressa dans un bruit horrible. Je regardai en arrière et m'aperçus que des touristes me regardaient et me photographiaient.

Comment trouves-tu ça? demandai-je à papa. Qu'est-ce que c'est comme danger? Une seconde de plus et je me noyais. Qu'en penses-tu?

Puis je revins à la boutique en descendant la côte.

Les choses s'étaient calmées un peu. Les touristes ne reviendraient pas par groupes importants jusqu'au coucher du soleil.

Tante Fay sortit de la boutique et s'assit avec moi sur la véranda.

— Es-tu jamais monté jusqu'au sommet de la côte?

— Jusqu'au phare?

— Non, dans l'autre sens.

— Non.

— Tu vois la maison orange sur le sommet de la côte?

— Oui.

— Tu vois la chaise de jardin sur le gazon et l'homme avec un chapeau de paille qui l'occupe?

— Oui.

— C'est Eddie. C'est l'homme le plus important de Peggy's Cove, le plus ancien de nos pêcheurs. Il s'assied là tous les jours, de trois à quatre heures, après sa journée de travail. C'est son bateau, là-bas, près du quai. Celui de couleur orange. Si ça te tente de monter lui parler, j'ai quelque chose que tu pourrais lui remettre.

Elle rentra dans sa boutique.

Eddie pouvait voir tout le village de Peggy's Cove de sa chaise sur la colline.

— Il m'a demandé de les commander pour lui, dit-elle en revenant sur la véranda et en me présentant une grosse paire de gants d'un orange fluorescent.

— Ce sont des gants de caoutchouc spéciaux qu'Eddie porte pour protéger ses mains lorsqu'il pêche. L'eau salée lui cause des démangeaisons douloureuses… et il aime la couleur orange.

Je fis le geste de partir avec les gants, mais tante Fay me retint:

— Ne lui demande pas de t'emmener à la pêche.

— Pourquoi?

— Allais-tu le lui demander?

— Oui.

— Bon! ne le fais pas. Si tu le lui demandes, il ne t'emmènera pas. Mais si tu t'abstiens, il t'emmènera.

Une fois au sommet de la côte, je me retournai et regardai vers le bas de la route. Je pouvais voir la boutique de tante Fay et toutes les autres, le quai, les cabanes à pêche et les bateaux amarrés et de tout petits touristes allant ici et là et, dans le fossé de l'autre côté de la route, un Winnebago, enfin, au sommet de l'autre versant, le phare et le restaurant — et surtout, la mer:

Aussi loin que vous pouviez voir: la mer.

Je grimpai jusqu'à la chaise d'Eddie.

Il me regardait sous son chapeau de paille orange.

— Tante Fay m'a envoyé vous porter ces gants.

— Comme c'est bien! Qui es-tu?

— Ryan.

— Ryan. Comme c'est bien. Bon, maintenant, regardons ces gants. Comme ils sont jolis! Est-ce qu'ils me vont, je me le demande? Oui! Bon, ils me vont très bien. C'est gentil de ta part de me les avoir apportés. Très bien!

Quand je ne peux pas dire ce que je veux dire, je me tais. J'aurais aimé lui demander si je pouvais l'accompagner sur son bateau, mais je ne le pouvais pas. Alors je me tins là comme un niais, à regarder la mer.

— Belle journée? dit Eddie.

— Oui.

Des gens s'affairaient sur les rochers à pousser le Winnebago.

— Oui, c'est une très belle journée, dit Eddie.

Le Winnebago se renversa sur un côté et les touristes couraient dans tous les sens. Je pouvais voir le Tambour au milieu d'eux, «aidant» tout le monde.

— Alors, tu es son neveu, à ce qu'on dit.

— Oui, oui.

— Comme c'est bien!

Je pouvais entendre les cris de quelques mouettes dans la baie.

— Bon, maintenant je pense que je vais prendre ces beaux gants et rentrer pour faire un bon somme. C'est gentil de ta part de me les avoir apportés. Et ta tante Fay est bien gentille de les avoir commandés pour moi.

Des gens prenaient des photos du Winnebago endommagé. Le Tambour marchait dans l'autre sens, portant un grand panier.

— Bon, je devrais m'en aller, maintenant.

— Oui, bon, ce fut un plaisir pour moi de faire ta connaissance.

— Oui, bon, bye!

— Bye!

46

J'avais déjà commencé à descendre la côte quand j'entendis Eddie qui m'appelait. Je me retournai.

— Je pars le matin aux environs de cinq heures, cria-t-il.

Quand j'arrivai à la véranda de la boutique, j'avais perdu le souffle. Tante Fay était encore assise là.

— Je t'ai vu parler avec Eddie.

— Je lui ai donné les gants.

— Que penses-tu de lui?

— Il est gentil, dis-je. Il est vraiment gentil.

6

Tante Fay me donna un réveil pour m'aider à me lever tôt et rejoindre Eddie à temps. Elle me dit que le tic-tac du réveil était très bruyant et qu'elle espérait que ça ne m'ennuierait pas. Je lui dis que non et que même, en fait, j'aimais un tic-tac bruyant, parce que ça me rappelait l'appartement de ma grand-mère lorsque, l'après-midi, tout était si calme et que le soleil, à travers le rideau, reflétait sa lumière brillante sur le plancher, alors, tout ce qu'on pouvait entendre, c'était le tic-tac de l'horloge.

Je le réglai pour quatre heures et me couchai.

Il semble que je me réveille toujours une minute avant le déclenchement de la sonnerie. Papa dit que j'ai un réveil dans ma tête. Je me réveille, mais je n'ouvre pas les yeux. Je pose seulement ma main au-dessus du réveil et j'attends qu'il sonne. C'est comme pour prendre une grenouille. Tu places ta main au-dessus d'elle, très doucement, tu la descends très doucement puis — bang! tu l'as.

Le réveil sonna et je le saisis. Je le portai jusqu'à ma figure et ouvris les yeux.

Ça disait «cinq heures». Je l'avais mal réglé la veille.

Je me vêtis en vingt secondes, descendis l'escalier quatre à quatre et sortis en catastrophe.

C'est à ce moment-là qu'un moteur commença de pétarader. Il y avait déjà un peu de la lumière du jour à travers la brume.

Je descendis en courant jusqu'à l'eau, passai la rampe jusqu'à la porte arrière de la cabane à pêche, sortis par la porte qui donnait sur la mer et me retrouvai sur le quai.

Le bateau d'Eddie s'engageait déjà dans la sortie de la baie. Dix secondes plus tôt et j'aurais pu sauter dedans au moment où il partait.

Il y avait deux personnes dans le bateau.

Eddie était à la barre. Je pouvais voir sa nuque, son chapeau de paille et ses gants d'un orange fluorescent. Il ne se retourna pas.

L'autre se tenait à l'arrière, près du clignotant rouge, et me regardait directement.

Sa figure ressemblait à celle d'une tortue. Très ridée, elle s'avançait sous la forme d'un museau obtus. Ses yeux caves semblaient fermés, sauf deux petites lumières qui brillaient entre leurs fentes.

Il me saluait avec de grands gestes. Puis il ouvrit la bouche comme s'il allait me dire quelque chose. Mais rien n'en sortit.

Puis la brume enveloppa le bateau de sorte que tout ce que je pouvais entrevoir, c'était le clignotant rouge, et tout ce que je pouvais entendre, c'était le bruit étouffé du moteur.

Et puis plus rien.

J'étais si enragé contre moi-même d'avoir manqué le bateau, que je crus entendre le tonnerre tout autour de moi.

Enfin je me persuadai que je ne voulais pas aller à la pêche après tout. J'aurais plus d'agrément à me tenir avec le Tambour. Passe encore si j'avais été seul avec Eddie. Il était bien, Eddie. Mais pourquoi amenait-il cette horreur avec lui? Qui aimerait aller à la pêche avec un gars qui ressemble à une tortue?

Cet après-midi-là, je me tenais près du phare, jouissant de la mer avec le Tambour. Je lui dis que j'écrirais peut-être une lettre à papa sur ce que je faisais à Peggy's Cove et que si ma lettre le rendait triste ou lui donnait un sentiment de culpabilité, peut-être déciderait-il de revenir à la maison. Les parents ont des responsabilités. Ils devraient être là pour prendre soin de leurs mioches et veiller à ce qu'ils ne se fassent pas mal ou ne s'attirent pas d'ennuis.

— Ça ne marchera jamais, dit le Tambour.

— Pourquoi pas?

— Premièrement, ils sont trop fins. Ils devinent tout de suite ton truc. Deuxièmement, je sais que ça ne marche pas parce que je l'ai essayé.

— Ton père a fui aussi?

— Il y a deux ans. Il me frappait souvent.

— Et tu lui as écrit une lettre avec des choses dedans qui devaient le rendre triste ou lui donner un sentiment de culpabilité?

— Oui, c'est bien ça. Je lui ai dit qu'on m'avait arrêté pour vol et qu'on m'avait mis en liberté surveillée.

— Pourquoi lui as-tu dit ça?

— Parce que c'était vrai.

— Est-il revenu à la maison?

— Non. Mais il a répondu à ma lettre.

— Qu'a-t-il dit? demandai-je.

— Il m'a dit: «Un bon essai.»

— Un bon essai?

— Oui, c'est bien ça. Est-ce que ton père est stupide?

— Non.

— Bon, le mien non plus. Le tien va probablement te dire la même chose.

Les mouettes se laissaient porter par le vent comme si elles avaient été suspendues à des fils invisibles.

— Il te faut employer une autre tactique, si tu es vraiment sérieux. Personnellement, je ne crois pas qu'il arrive souvent que les pères reviennent une fois partis.

— Je crois que le mien reviendra.

— Pourquoi est-il parti?

— Il agissait d'une façon étrange. Enfin, je ne sais pas.

— Bon, de toute façon, tu as besoin de quelque chose de mieux que ces histoires de culpabilité et de tristesse.

Les mouettes continuaient de brailler. Je regardais le Tambour droit dans les yeux: il hochait la tête de haut en bas au rythme de quelque mesure. Il promenait son regard sur Peggy's Cove pour y repérer de bonnes poires.

Puis cela me frappa. Je pourrais faire croire à papa que je menais une vie de criminel. Je dirais tout à papa, pour voir quelle serait sa réaction. Je lui raconterais une histoire à dormir debout, comment j'étais lié à des voleurs, et tout. Il ne dirait pas «un bon essai» comme le père du Tambour.

Je n'aurais vraiment pas besoin de voler. Je n'aurais qu'à accompagner le Tambour et dire que j'étais son associé.

Le même soir, j'écrivis l'incident du sac à provisions de plastique pour l'inclure dans ma lettre à papa et je me déclarai l'associé du Tambour.

J'étais maintenant un filou!

«Ça, ça va l'avoir!» pensai-je. Ce soir-là, tante Fay me parla de mon réveille-matin:

— Il ne fonctionne peut-être pas très bien, dit-elle. Je vais te prêter le mien pour que tu ne manques pas le bateau demain matin.

— Je ne pense pas que j'irai à la pêche, répondis-je.

— Ah?

— J'ai autre chose à faire.

— Je ne pense pas que ce soit sage.

La maison était très calme. Je n'entendais que le bourdonnement du réfrigérateur dans la cuisine.

— Je ne pense pas que ce soit sage, répéta-t-elle.

Je ne lui répondis pas. Je ne fis que regarder mes pieds.

— Je vais régler le réveil pour toi. Tu ferais mieux de te coucher afin d'être frais et dispos pour la pêche demain.

Je me couchai en pensant «où que tu sois, il s'y trouve toujours quelqu'un pour te dire quoi faire».

Pendant qu'elle tripotait le réveil et que j'étais étendu sur mon lit, tante Fay eut pas mal de choses à me dire au sujet du Tambour:

— Jimmy Drummond vit là-bas, le long de la route, vers Indian Harbour. Un type très nerveux. Il bat toujours des doigts sur les tables ou sur les clôtures. Il tambourine continuellement. Il rend les gens fous. Un garçon étrange, vraiment. Il n'est pas de bonne compagnie pour quelqu'un d'honnête, je le crains.

Je vérifiai le réveil pour m'assurer qu'il était bien réglé.

Mais je me trompai encore une fois.

Mon réveil sonna une heure trop tôt. Il marquait trois heures! Eddie ne partait pas avant cinq heures. J'avais deux heures pour me préparer. Quand tante Fay dit qu'elle va faire quelque chose, elle le fait. Quand elle règle un réveil, elle le règle vraiment. Quant à moi, je n'avais qu'à vérifier.

Je m'habillai et sortis sur la route. Je pouvais voir l'ombre du quai et des cabanes à pêche. La lumière tournante du phare découvrait de la brume. Les seuls sons qui me parvenaient étaient le bruit des vagues s'écrasant sur les rochers près du phare et le glouglou de l'eau qui envahissait la baie. Il était difficile de s'imaginer que dans quelques heures, cette route serait remplie de milliers de gens.

Je rentrai et me fis des œufs et des rôties. Quand papa et moi nous campons, nous n'aimons pas salir beaucoup de vaisselle. Alors je fis comme il faisait toujours. Il met beaucoup de beurre dans une poêle et quand ça commence à grésiller, il y jette un morceau de pain. Il laisse le pain frire d'un côté, puis il le retourne avec la spatule. Pendant que l'autre côté est en train de frire, il dépose deux œufs dans la poêle près du pain et surveille leur cuisson. Le pain met plus de temps à cuire. Alors, quand les œufs sont prêts, il les soulève, les retourne et les place sur le pain. Puis, là où se trouvaient les œufs, il dépose une autre tranche de pain. Comme les œufs reposent sur le dessus du pain, la fin de leur cuisson est beaucoup plus lente. Cela te donne une chance de cuire la seconde tranche de pain sur les deux côtés. Quand le pain est cuit à point, tu le retournes sur les œufs et ainsi tu as un sandwich. Tu ajoutes le sel et le poivre par-dessus et tu éteins le fourneau.

Puis, debout près du fourneau, tu coupes le sandwich en morceaux avec la spatule et tu savoures ton petit déjeuner. Si tu veux vraiment faire le capricieux, tu arroses d'abord le sandwich de ketchup ou de sirop d'érable.

Et tu bois à même le pot de lait, de sorte que tu n'as même pas besoin d'un verre et, quand tu as fini, les seuls morceaux que tu as à laver sont la poêle et la spatule. Puis tu n'as qu'à rincer la poêle et la spatule dans l'évier et les ranger. De cette façon, quand les gens descendent pour le petit déjeuner, ils ne se rendent même pas compte qu'il y a eu quelqu'un là avant eux.

Enfin, je mangeai, m'habillai chaudement et sortis sur la véranda où je m'assis et attendis.

Je me souviens d'un voyage de camping avec papa: nous n'avions avec nous qu'une boîte de fèves au lard, une boîte de pommes de terre, une poêle et une hache. Papa a défoncé les boîtes avec la hache et nous avons vidé le tout dans la poêle. Nous avons coupé deux morceaux d'écorce de bouleau et les avons utilisés comme cuillères. Après avoir mangé tout notre soûl, nous avons constaté qu'il restait une fève et un peu de jus dans la poêle. Nous regardions tous les deux la fève quand papa a dit que nous devions tout partager également. Alors il a pris la fève, l'a placée sur une souche et, avec beaucoup de précaution, l'a divisée en deux avec la hache. Puis nous avons mangé les moitiés. Ces souvenirs me rendirent un peu triste. Alors, je décidai d'arrêter ça.

C'est à ce moment-là que je revis l'homme qui était à l'arrière du bateau d'Eddie, la veille. Il longeait le côté de la maison de tante Fay, venu de quelque part en arrière.

Il commençait à faire clair de sorte que je pouvais voir sa face de tortue sous son chapeau. Il prit la route et descendit vers l'eau, puis monta la rampe, entra par la porte arrière de la cabane à pêche et sortit sur le quai par la porte qui donnait sur la mer.

Il posa ensuite une main sur la table à dépecer où l'on nettoyait le poisson, puis il leva son museau en l'air et commença à dodeliner de la tête d'arrière en avant, et encore et encore en un mouvement circulaire s'agrandissant, s'agrandissant. On aurait dit que, du quai, il allait se jeter à l'eau.

Ensuite j'entendis des pas et je vis Eddie qui descendait la route, son chapeau de paille rabattu sur sa figure et les mains dans ses poches. Ses nouveaux gants d'un orange fluorescent étaient retenus à sa ceinture. Quand il atteignit le quai, il toucha l'homme à l'épaule et ce dernier arrêta de se balancer la tête.

Ils commencèrent à charger le bateau de boîtes et d'équipement de pêche. Eddie, tout en parlant de leur attirail, passait le matériel à l'autre homme dans l'embarcation.

Puis Eddie se rendit à l'avant et mit le moteur en marche. On pouvait l'entendre dans tout Peggy's Cove, tant c'était calme tôt le matin.

Ils allaient partir.

Qu'est-ce que je faisais là, assis?

Ils partaient!

Après être tombé deux fois, je sortis enfin par la porte qui donnait sur la mer. Eddie déliait une des lignes pendant que l'homme en déliait une autre.

Je me tenais là.

— Beau matin? dit Eddie en levant le regard vers moi.

— Oui, un beau matin, répondis-je.

— Ça, c'est Wingding, continua Eddie. Son vrai nom n'est pas Wingding, mais tout le monde l'appelle comme ça. C'est mon compagnon de pêche et un très bon compagnon de pêche avec ça.

Je me tenais toujours là. Wingding me regardait comme une tortue peut te regarder. Je ne savais pas où porter le regard ni si je devais dire quelque chose.

— Comment allez-vous? dis-je finalement.

Un bruit de claquement sortit de la bouche de Wingding !

— Aimerais-tu venir à une belle pêche? demanda Eddie.

Si j'aimerais ça! Et comment! J'aimerais aller à mille belles pêches! Toute ma vie, j'avais rêvé de pêcher sur l'océan. Sur toute l'eau que vous voudrez. J'ouvris la bouche et le meilleur mot que je connaisse sortit. Le mot parfait pour la situation:

— Oui.

Je sautai dans l'embarcation et me tins à l'arrière avec Wingding. Je le regardai fixement tout en essayant de ne pas le faire. Eddie se rendit à l'avant et embraya le moteur.

Nous sortîmes lentement de la baie à travers la brume. Eddie surveillait par-dessus bord. L'eau était verte. Tu pouvais apercevoir les roches presque à fleur d'eau, tout près de la barque.

L'embarcation montait et descendait au gré de l'ondulation de l'eau.

Soudain, nous frappâmes la première vague. Nous étions sortis de la baie. Eddie accéléra et nous nous dirigeâmes vers le grand large. La brume nous enveloppait de toutes parts.

Wingding produisit son fameux claquement et nous rejoignîmes une bouée orange à laquelle nous attachâmes la barque.

Ce Wingding m'intriguait vraiment.

Il ne parlait jamais — il ouvrait simplement la bouche comme une tortue de terre. Le bas de son visage s'ouvrait et ses yeux se fermaient à partir du bas comme une tortue. Avez-vous jamais constaté que la plupart des gens ferment les yeux de haut en bas? Pour les yeux de Wingding, c'était le contraire. Quand sa bouche s'ouvrait, tu entendais une sorte de léger «clac!», Quand il faisait ça, il fallait que tu devines ce qu'il disait, même s'il ne le disait pas.

Si Eddie disait «belle journée» à Wingding, ce dernier ne faisait qu'ouvrir la bouche une fois, ses rides bougeaient et tu entendais cette sorte de «clac!».

Une fois seulement. Puis sa figure se fermait. Ensuite tu t'imaginais qu'il avait dit quelque chose comme «pour sûr, Eddie» ou «tu parles!» Ou «oui mon vieux». Mais pas un mot ne sortait.

Alors, si tu te tenais debout dans la barque et si Wingding se trouvait derrière toi et voulait te dire quelque chose, tu entendais un «clac!» et tu comprenais.

Quand j'entendais le claquement, je me retournais et regardais Wingding. Après le claquement, je n'entendais d'autres sons que le bruit de l'eau frottant les côtés de la barque et la ligne d'Eddie qui montait et descendait.

Ça faisait drôle d'attendre qu'un homme qui ne pouvait parler dise quelque chose.

Après qu'Eddie et Wingding eurent retiré leur filet à appâts, nous détachâmes l'embarcation et repartîmes.

Bientôt le vent se mit à chasser la brume, et la barque montait et descendait tellement que je commençais à me sentir tout drôle.

J'essayai de ne pas penser à mon déjeuner. Ou à tout ce qui pouvait être de la mangeaille.

Nous nous arrêtâmes de nouveau; Eddie souleva l'ancre pesante et la laissa tomber par-dessus bord.

Eddie et Wingding amorcèrent leurs hameçons avec des calmars et jetèrent leurs lignes loin par-dessus bord et commencèrent à retirer le poisson.

Tu ne pouvais entendre que le frottement des lignes contre le bord du bateau et le bruissement de l'eau sur ses côtés.

J'essayai de trouver un point où fixer mon regard, quelque chose qui ne bougerait pas.

La brume s'était dissipée et le soleil du matin, encore trempé dans l'eau, en sortait lentement. Je me retournai et regardai Peggy's Cove. Le phare aussi plongeait dans l'eau et en ressortait.

Je fermai les yeux et pus voir mon déjeuner dans la poêle à frire.

Je les rouvris et voilà que Wingding me regardait. Il avait dû deviner.

J'avais probablement la figure verte.

Wingding mit sa main sur mon bras, me donna une ligne et pointa le doigt vers la boîte à appâts. Il prit un calmar et me le donna.

Je découpai le calmar exactement comme le faisaient Eddie et Wingding et il en jaillit un jus noir sur mon poignet.

Je sentis ma gorge se soulever: «S'il Vous plaît, mon Dieu, ne permettez pas que je sois malade. Je Vous en prie!»

Je jetai ma ligne et la laissai descendre. La surveiller me fit du bien. En surveillant ma ligne, j'oubliai mon déjeuner.

Eddie et Wingding prenaient du poisson et emplissaient les boîtes. Je me sentais un peu mieux. Je m'imaginai que mon visage était maintenant gris et non plus vert.

Soudain, tout s'arrêta. Le poisson cessa de mordre. Eddie et Wingding retirèrent leurs lignes.

Comme je commençais à les imiter, je sentis que ça mordait. Je tirai, tirai et finalement je réussis à sortir ma ligne de l'eau.

Quand Eddie et Wingding tiraient une prise trop petite, il la rejetaient à l'eau et environ cinq cents mouettes se battaient pour l'avoir jusqu'à ce que l'une d'elles l'eût avalé.

Mon poisson était petit. Il était aussi large que long, mais petit.

Eddie et Wingding se reposaient, appuyés contre le flanc du bateau et m'observaient.

J'étais là, tenant élevé ce poisson carré à l'air stupide.

— Comme c'est bien! dit Eddie, et Wingding émit un léger claquement.

Je commençai à le libérer de l'hameçon.

— Tiens ton pouce éloigné de sa gueule ou il va te prendre une bonne bouchée, dit Eddie.

Le poisson ressemblait à un navet avec une gueule et une centaine d'antennes tout autour du corps et une petite queue stupide qui devait faire la risée des autres poissons.

Je le rejetai à l'eau.

Les mouettes frappèrent l'eau en même temps que mon navet. Soudain, elles se mirent à crier et à s'injurier. Puis toutes regardèrent mon poisson. Pas une n'y goûta. Mon premier poisson! Même les mouettes n'en voulaient pas!

Wingding mit sa main sur mon épaule et produisit son claquement.

Puis nous levâmes l'ancre et nous nous dirigeâmes vers le prochain arrêt plus loin en pleine mer.

Il était sept heures du matin.

7

A près quelques voyages en mer, j'accédai au troisième rang des pêcheurs du bateau. Eddie était le meilleur. Wingding se classait bon second et j'étais le troisième.

Ça a l'air drôle, je sais. Comme nous n'étions que trois sur le bateau, être le troisième, c'est presque dire que j'étais le pire. Mais ce n'est pas ce que je veux dire. Je veux dire que j'étais presque aussi bon que Wingding pour prendre du poisson, que Wingding était presque aussi bon qu'Eddie et qu'Eddie était le meilleur pêcheur, je pense, de toute la planète Terre. Je pense aussi que si quelqu'un d'autre était venu pêcher avec nous, je ne serais pas devenu soudainement le quatrième. Peut-être ce pêcheur serait-il devenu le quatrième.

Je savais que je devenais pas mal bon, parce que j'imitais Eddie.

J'essayais de faire tout ce qu'Eddie faisait. C'est la meilleure façon d'apprendre quoi que ce soit. Si tu veux apprendre quelque chose, trouve quelqu'un qui est vraiment bon là-dedans et imite-le. Fais tout ce qu'il fait. Agis comme lui. Porte les mêmes vêtements que lui. Parle comme il parle. Marche comme il marche. Puis, tu seras excellent toi aussi.

Si Eddie plaçait son pied d'une certaine façon quand il se tenait debout dans le bateau, je plaçais mon pied de la même façon. Si Eddie plaçait son chapeau de paille d'une certaine façon sur sa tête, je faisais de même avec mon chapeau. Je m'évertuais à copier la moindre de ses mimiques.

Il y a une chose que j'ai mis pas mal de temps à apprendre. Tout juste avant de lancer sa ligne, Eddie tournait la tête et regardait au loin sur la mer, par-dessus l'autre bord de l'embarcation. On aurait dit qu'il essayait de prêter l'oreille à son poisson. Et il semblait feindre l'indifférence, qu'il y eût un poisson ou non au bout de sa ligne. Il avait l'air d'un quart-arrière qui regarde d'un côté et soudain lance le ballon de l'autre côté.

Quand Eddie faisait cela, tu savais que, deux secondes plus tard, il lancerait dans les airs un bras au bout duquel s'agiterait son gant d'un orange fluorescent, et se mettrait à tirer de ses deux mains l'une par-dessus l'autre, avec des gestes si rapides d'abord, que les gants deviendraient une tache orange. Puis il ralentirait quand sa prise serait près du bord. À ce moment, Eddie s'arrêterait de hisser et jetterait un regard sur sa prise. Puis, habilement et délicatement, il sortirait le poisson de l'eau, le dégagerait de l'hameçon et le lancerait par-dessus son épaule dans la boîte sans même regarder.

Et une autre chose. Tout de suite après avoir commencé de tirer, quand son gant d'un orange fluorescent était encore haut dans les airs, il savait d'une certaine façon quelle sorte de poisson il avait pris. Le gant s'élevait et Eddie disait «morue» ou «aiglefin» et il avait raison chaque fois. C'était ce qu'il y avait de plus dur. Je ne pouvais tout simplement pas apprendre ce truc-là. Je ne pouvais que deviner.

Si tu veux savoir comment était gros l'hameçon dont nous nous servions, regarde le doigt dont tu te sers pour signifier «viens ici». L'hameçon était à peu près gros comme ça. Comme poids, Eddie se servait d'une lourde barre d'argent qu'il attachait à la ligne au-dessus de l'hameçon.

Nous avions l'habitude de pêcher en eau très profonde.

Imagine-toi au neuvième étage d'une maison de rapport, dehors sur le balcon avec ta forte ligne de nylon à laquelle tu aurais fixé la barre d'argent et l'hameçon avec l'appât. Jette la barre par-dessus le balcon et laisse la ligne glisser dans tes mains jusqu'à ce que la barre atteigne le fond. Puis retire-la jusqu'à ce que la barre ne touche plus le sol. Regarde en bas. Comme ça descend loin!

Soudain, il y a un poids additionnel au bout! Un poids vivant et pas mal enragé et qui ne veut pas monter vers toi sur le balcon au neuvième étage.

Alors tu tires des deux mains. Un étage, deux étages, trois, quatre, tes bras commencent à sentir la fatigue, cinq, six, il faut que tu gardes la ligne serrée ou elle donnera une saccade et tu perdras ta prise, sept, huit, tes bras deviennent engourdis, huit et demi, juste un peu plus, maintenant tu arrêtes, tu regardes, puis tu soulèves le poisson délicatement par-dessus la balustrade...

Fais ça cinquante fois, et tu sais ce que c'est que de pêcher avec Eddie.

8

C'est drôle! si tu fais quelque chose souvent et que tu essaies de te rappeler chaque fois que tu l'as fait, tu ne peux pas. Toutes ces fois finissent par n'en faire qu'une.

Si tu prends la même rue environ un million de fois pour te rendre à l'école, tu ne peux pas te rappeler chaque fois. Peut-être peux-tu te rappeler seulement la première fois et ensuite toutes les autres se fondent en une.

Par exemple, je me rappelle Wingding. Il est assis sur le plat-bord du bateau, aussi calme et immobile qu'il peut l'être et la face fendue jusqu'aux oreilles par un large sourire... et il attend.

Quand Eddie prend une morue trop petite, qu'il la décroche de l'hameçon, la jette pardessus son épaule et qu'elle frappe l'eau juste à côté du bateau, à peu près mille mouettes surviennent et se battent pour la happer, criant à rendre sourd.

Et Wingding est toujours assis là sur le plat-bord, avec son large sourire sur sa figure d'un rouge qui tire sur le bleu, comme s'il retenait son souffle. Ensuite, quand les mouettes en ont fini de se disputer la petite morue et viennent se poser sur le bateau pour surveiller les gestes d'Eddie, l'une d'elles se pose en boule tout près du derrière de Wingding, sur le plat-bord de l'embarcation.

Wingding se penche vers l'eau et reste aussi immobile qu'il est possible de l'être. Sa figure est maintenant toute rouge, parce qu'il n'a pas respiré depuis à peu près une demi-heure.

Soudain, Wingding fend presque son pantalon avec un pet formidable qui résonne comme une tente qu'on déchire. La mouette qui est juste derrière lui s'envole avec des cris perçants: alors Wingding tombe au fond du bateau et commence à rire, et pendant qu'il rit, il se roule dans l'humeur visqueuse du poisson, dans les morceaux de calmars, dans le sang et les lignes. Une substance collante gicle d'en dessous de lui pendant qu'il lance un retentissant «clac!».

Et cet Eddie, il continue de prendre de la morue et jette les grosses sur Wingding...

Et je me souviens de la morue.

La morue a une couleur d'un rouge brun, de gros yeux protubérants et une grande gueule. Une morue ressemble à cet homme appelé Frank que papa avait l'habitude d'amener à la maison de temps à autre. Lui aussi avait une grande gueule, des dents pointues et bien aiguisées et de gros yeux protubérants.

Et papa disait qu'il était possible de deviner ce que Frank pensait et ce qu'il allait dire seulement à le regarder.

Même chose chez la morue. Tu peux deviner ce qu'elle pense rien qu'à l'observer pendant quelque temps. Naturellement, tu ne peux pas deviner ce qu'elle va dire, parce qu'une morue, ça parle pas.

J'avais l'habitude d'essayer ça avec Frank, l'ami de papa et, la plupart du temps, ça marchait.

Je le fixais et tout à coup, je pouvais par exemple deviner ce qu'il allait chanter. Puis, tout d'un coup, il ouvrait la bouche et tu pouvais voir sa langue, ses dents pointues et ses yeux qui sortaient encore plus et sa figure qui devenait bleue... et il commençait à chanter.

Ou bien il se trouvait chez nous pour le dîner et maman tombait dans une espèce de rage; je fixais Frank et je savais qu'il allait dire: «Passez-moi le beurre.» Puis, tout de suite après, il disait: «Passez-moi le beurre.» Et papa devait s'étirer le bras pour le prendre, parce qu'il était loin, près de maman, et que celle-ci ne voulait pas le passer à Frank parce qu'après tout, il n'avait pas été invité à dîner.

De toute façon, chaque fois qu'Eddie remontait une morue, je pensais à Frank, l'ami de papa, et à ses yeux protubérants.

Je parlai de Frank à Eddie et je lui dis comment il chantait et tout et tout: Eddie me regarda et me raconta que, lorsqu'il était petit garçon et qu'il allait à la pêche avec son père, il y avait de cela très longtemps, son père prit une fois une morue qui pouvait chanter «Ô Canada» et qu'il s'enfuit avec elle, rejoignit un cirque et ne revint jamais.

— Comme c'était bien, n'est-ce pas? ajouta Eddie.

Il semble que bien des papas s'enfuient.

Et je me souviens du quai.

Si jamais tu veux voir l'air rempli de têtes, d'intestins, de grandes arêtes, d'écailles et de queues de poissons, tu n'as qu'à te rendre à Peggy's Cove et à observer Eddie et tous les autres nettoyant leurs prises sur le quai.

— Ce Wingding, disait Eddie, ce Wingding peut nettoyer un poisson plus vite et bien mieux que n'importe quel homme actuellement vivant. Et ça c'est un fait!

Dès que le nettoyage commençait, c'était la course à qui arriverait en premier, les mouettes ou les touristes.

D'abord, Eddie prenait sa place près de la table à dépecer et se mettait à jouer du couteau. Tout de suite après, les mouettes envahissaient la place et se mettaient à crier.

Au même moment, les touristes commençaient à pousser et à se frayer un chemin sur le quai et c'est alors qu'Eddie commençait à jeter les têtes et tout le reste à leurs pieds de façon à les tenir loin et à les empêcher de poser beaucoup de questions idiotes.

Mais, malgré cela, certains réussissaient à se rapprocher:

— Est-ce que la mer gèle en hiver?

— Avez-vous déjà pris une baleine?

Etc., etc.

Puis un Américain commençait à crier:

— Hé, Martha! Viens ici et tiens-toi près de ce pêcheur pendant que je prends une photo.

Et Martha de répondre:

— Mais il est parfait, n'est-ce pas?

— Hé, ici, disait quelqu'un d'autre en me désignant, ce doit être son petit-fils... Es-tu un pêcheur toi aussi, mon garçon? Aimes-tu ça être pêcheur?

Si quelqu'un s'était adressé à Wingding, celui-ci se serait contenté de lancer un impressionnant «clac!», et de leur offrir une tête de poisson et une poignée d'intestins: cela aurait mis fin à la conversation.

Ensuite quelqu'un d'autre disait à Eddie:

— Est-ce que le poisson souffre beaucoup? Est-ce que ça fait mal de les prendre?

— Non, à moins qu'ils ne vous coupent les doigts avec leurs dents ou avec leurs cornes. Et ça, c'est pas bien joli.

— Non, je veux dire: est-ce que le pois-son souffre?

— Oh! le poisson, disait Eddie. Bon, je ne sais pas en ce qui concerne chaque poisson, mais je sais qu'un aiglefin souvent va pleurer et demander grâce la première fois que vous le sortez de l'eau. Une chose curieuse à pro-pos de l'aiglefin: ses larmes sont douces et non salées, comme les nôtres.

— Oh! ma foi, tout cela est triste.

— Vous êtes bien aimable.

— Pardon?

— J'ai dit: belle journée, vous ne trouvez pas?

— Oui, une très belle journée. Vous avez un beau bateau.

— Vous êtes bien aimable.

À ce moment-là, Wingding lance vers moi à travers le quai une tête de poisson d'où pendent des ligaments sanglants. Les tou-ristes doivent se pencher pour l'éviter et la conversation est terminée.

Puis Eddie est fatigué et c'est le tour de Wingding. Ce dernier multiplie ses claque-ments et accélère son travail à la table. Tu peux voir son couteau briller au soleil. L'air est rempli de têtes et de morceaux d'aiglefin et de morue. Il y en a tellement dans l'air que les mouettes n'ont même pas besoin d'atterrir — elles gobent leur dîner dans les airs. Plus Wingding travaille vite, plus les touristes se retirent du quai. Maintenant, tu ne peux plus voir du tout Wingding — seulement un nuage de morceaux de poisson.

Tu peux seulement entendre Eddie rire et dire: «Comme c'est bien!», entendre les claquements de Wingding et les touristes crier des choses comme: «Viens-t-en, Martha!», «Fais attention, ne marche pas là-dessus!» et «Allons acheter quelque chose!»

Puis les mouettes sont rassasiées et nous salons la morue pour le baril, nous pesons l'aiglefin, nous lavons le quai à grande eau et nous retournons à la maison.

Alors mes matins étaient bien remplis et je me sentais au faîte du monde.

Mais pour les après-midi, c'était une tout autre histoire.

Les après-midi, j'allais à la recherche du Tambour. C'est étrange, mais quand je l'avais trouvé et que je l'avais vu faire des trucs aux touristes, ce soir-là, je n'avais pas grand-chose à dire à tante Fay. Nous étions assis là, tous les deux, et nous prenions notre repas en parlant du temps, de la boutique et d'autres petites choses de ce genre. Mais les jours où je n'avais pu trouver le Tambour, tante Fay et moi tenions de longues conversations durant le souper, riant, racontant des histoires à propos de papa et plaisantant. Nous étions alors vraiment de bons amis.

Les trucs du Tambour étaient pas mal bons. Une fois, je lus un conte intitulé *Le maître voleur*. Dans ce récit, le gars pouvait voler un œuf dans le nid juste sous l'oiseau. Le Tambour était comme ça.

Nous nous placions au bord de la route avec une planche couverte de souvenirs de Peggy's Cove. Le Tambour les vendait à bas prix. Il ne réalisait pas de profits sur la vente de ces souvenirs. Il faisait son profit par d'autres moyens. Surtout avec les enfants. Parfois les touristes faisaient sortir leurs enfants de la voiture pour aller acheter un phare ou une cage à homard miniature. Le Tambour s'assurait toujours qu'ils étaient sur le point de quitter Peggy's Cove et non qu'ils y arrivaient. Il vendait quelque babiole à l'enfant et lui rendait trop de monnaie. Puis il lui disait tout bas pour que les parents ne puissent l'entendre:

— Tu devrais demander à ton papa de compter la monnaie pour qu'il s'assure que tout est correct.

Quand le papa honnête se rendait compte de l'erreur, habituellement il renvoyait l'enfant avec la monnaie en trop et disait au Tambour de la garder.

Parfois, le Tambour devait se rendre jusqu'à la voiture, se montrer vraiment charmant et rendre la monnaie lui-même et cette fois, il escroquait le touriste d'un gros montant si les coupures s'y prêtaient. Par exemple, celles de cinq dollars, parce que le papa, à ce moment-là, se sentait si honnête et si bienveillant, qu'il oubliait de vérifier. Le Tambour pliait les billets et remettait la monnaie au papa avec un air très innocent, en commençant à parler de leur voyage et à leur donner des directives tout en poussant et en tapotant leur voiture pour les inciter à prendre la route.

Et les voilà partis, heureux.

Dans son autre main, le Tambour cachait le billet de cinq dollars.

Je tenais la planche aux souvenirs.

Certains jours, il avait avec lui une pompe à air et se tenait devant le restaurant pour aider les gens qui venaient d'avoir un pneu à plat. Si leurs remorques de camping se trouvaient près de l'immeuble, c'était facile de dégonfler un pneu sans que personne s'en aperçoive.

Ça, c'était ma responsabilité.

Le Tambour refusait toute compensation pour son aide. Alors, on lui en offrait encore plus. À ce moment-là, il acceptait.

Je tenais la pompe pendant qu'il prenait l'argent.

Ces soirs-là, durant le repas, tante Fa/ et moi restions pratiquement silencieux.

Le Tambour pouvait aussi voler des appareils-photo ou des jumelles. Parfois, il coupait les courroies avec des ciseaux courts et bien aiguisés si le touriste avait suspendu son appareil au rétroviseur, pendant que sa voiture était au stationnement, ou ses jumelles à un garde-fou pendant qu'il prenait une photo.

Et puis, il y avait son truc du poisson. Les touristes aiment acheter du poisson frais. S'ils voulaient du flétan, le Tambour leur vendait de la morue salée et leur disait que c'était du flétan. S'ils voulaient de l'aiglefin, le Tambour leur vendait de la morue salée et leur disait que c'était de l'aiglefin. S'ils demandaient de l'espadon, le Tambour leur vendait de la morue salée et leur disait que c'était de l'espadon.

La morue salée vaut seulement la moitié du prix de ces autres poissons.

Et en plus, le Tambour volait la morue salée à même les barils des pêcheurs durant la nuit.

Mais son meilleur truc, c'était celui du sac à provisions en plastique. Quand il choisissait celui-là, je pensais chaque fois au Maître voleur et à l'oiseau dans le nid.

Un certain matin, je fis allusion au Tambour devant Eddie et Wingding. Je leur dis peu de chose à son sujet. Je ne fis que le mentionner. Le ton de voix d'Eddie devint irrité lorsqu'il parla. Je ne l'avais jamais vu maussade auparavant. Il dit un tas de choses comme, par exemple, qu'il ne prendrait jamais le Tambour à la pêche avec lui, parce qu'il était trop nerveux, trop sautillant. Il pouvait être un danger dans une embarcation, sans compter qu'il pouvait s'emmêler dans les lignes et même se blesser. Eddie aurait aimé l'emmener avec lui, mais il ne pouvait pas. Regrettable! ça serait bien s'il pouvait venir, mais... bon, le Tambour était tout simplement trop agité... un bon garçon, malgré tout... mais trop grouillant pour être à bord d'une embarcation... il pouvait causer un accident... regrettable! C'est un bon garçon, malgré tout: mais il se tortille tout le temps... jamais vu un être comme lui... il est comme une mouche dans une bouteille.

Il ne dit rien au sujet des vols commis par le Tambour aux dépens des touristes ni de ses vols de morue salée. Je me demande même si Eddie le savait.

Quand il eut fini de parler, je me sentis pas mal honteux. Le bateau lui-même n'était pas un endroit où on pouvait prononcer le nom du Tambour. Peut-être un endroit trop bien pour l'aide d'un voleur comme moi.

Wingding se contenta de me regarder tout simplement pendant qu'Eddie parlait.

Il n'émit même pas un claquement, ni quoi que ce soit

Peut être Wingding savait-il.

9

Derrière la maison de tante Fay, il y a une construction d'une seule pièce qui a déjà servi d'école. Eddie l'avait fréquentée lorsqu'il était enfant et sa mère avant lui. À une extrémité de la pièce il y a une petite estrade sur laquelle la mère d'Eddie avait probablement dû évoluer dans des pièces de théâtre, il y a des années et des années de cela. Un vieux poêle traîne au milieu de la pièce.

Tante Fay permet à Wingding d'y habiter.

— Wingding peut y rester tant qu'il gardera la place propre et qu'il ne fumera pas au lit, me dit tante Fay.

Il n'y a qu'une lampe dans l'école et elle se trouve juste au-dessus de l'estrade.

Le lit de Wingding est placé sur l'estrade, juste au-dessous de la lampe.

Le soir, à l'heure du coucher, il enlève ses bottes, son pantalon et sa chemise, puis se tient devant son lit dans son long sous-vêtement, le chapeau sur la tête, et il exécute un profond salut. Puis il saute dans son lit, s'étend à plat sous les couvertures, croise ses mains au-dessus de sa poitrine et ferme les yeux, son chapeau lui couvrant la figure. Puis il s'endort.

Le matin, il est encore dans la même position.

Un soir que j'étais en train de prendre le thé avec tante Fay, elle me raconta une histoire de Peggy's Cove au sujet de la veuve Weed.

La veuve Weed était veuve, parce que son mari, monsieur Weed, était allé à la pêche dans le brouillard, il y avait de cela quatre ans, et n'était jamais revenu.

Plus tard, on retrouva son embarcation avec un requin mort dedans, mais pas de monsieur Weed.

On pense qu'il ramenait un requin dans son bateau et pendant qu'il revenait chez lui, le requin dut l'assommer de quelque façon et le faire tomber à l'eau dans le brouillard pendant que le bateau continuait sans doute d'avancer, le laissant loin derrière; et le malheureux se noya.

— Ne rapportez jamais de requin dans votre bateau disent tous les pêcheurs, m'assura tante Fay.

Puis elle me raconta que la veuve Weed observe l'océan chaque jour pendant à peu près une heure, puis entre dans son garage et parle au crâne du requin qu'elle a cloué au mur.

82

Cela m'attrista et je voulus changer le cours de notre conversation. Alors, je lui demandai si elle voulait aller voir Wingding jouer sa pièce.

Elle ne sut pas d'abord ce que je voulais dire, mais elle finit par comprendre et vint avec moi.

Nous sommes sortis par la porte arrière et avons marché dans l'épais brouillard de la nuit vers l'école. Nous avons regardé par la fenêtre, nos mains en œillères. Wingding reposait dans son lit sur l'estrade.

— Entrons et asseyons-nous, chuchotai-je.

Nous sommes entrés dans l'école et nous nous sommes assis sur deux chaises aussi doucement que possible. Il était bien là, son chapeau lui couvrant la figure et ses mains croisées sur sa poitrine.

Nous sommes restés assis là un bon moment.

Puis, par maladresse, je fis un léger bruit avec ma chaise.

Le chapeau de Wingding bougea.

Puis il tourna la tête et nous aperçut.

Il rejeta alors ses couvertures, sauta du lit, se tint debout et commença à saluer.

Tante Fay se mit à applaudir et je fis de même.

Wingding continuait de saluer. Nous avons applaudi plus fort. Plus nous applaudissions fort, plus il saluait rapidement.

Ensuite nous nous sommes levés et tante Fay a commencé à crier: «Bravo !» et «Encore!» Wingding saluait comme un fou, se jetant dans le lit et au dehors, laissant échapper son chapeau et recommençant à saluer et à sauter dans son lit et hors du lit. Nous avons continué d'applaudir et de crier jusqu'à ce que nos mains deviennent douloureuses et nos gorges enrouées et que Wingding soit à bout.

Puis Wingding fit patapouf! dans son lit, ramena sur lui ses couvertures, ferma les yeux et croisa ses mains sur sa poitrine.

À notre retour à la maison, le brouillard était si épais que je pouvais à peine entrevoir tante Fay, même si elle était tout près de moi. Mais je pouvais entendre son rire de petit chien et je savais qu'elle devait lancer sa tête en arrière, selon son habitude.

10

L'après-midi suivant, j'étais avec le Tambour.

Lorsque je quittai le quai, il était là, au bord de la route, hochant la tête, tambourinant et clignant des yeux. Je me rendis à la maison, enlevai mes bottes de caoutchouc et changeai de chemise. Quand je sortis, le Tambour avait pris un peu d'avance sur la route, marchant lentement pour me permettre de le rejoindre. Il portait une chaîne de fantaisie à sa ceinture, avec une montre au bout qu'il me montra. Je ne lui demandai pas où il avait trouvé ça.

Il tenait une petite boîte, emballée dans du papier à cadeaux. Je reconnus le papier d'emballage dont tante Fay se servait dans sa boutique. Parfois, elle enveloppait des choses selon les demandes particulières des gens. Il y avait des gens qui n'auraient pas leur cadeau. Je lui demandai ce qu'il y avait dans la boîte.

— Comment le saurais-je? dit-il avec un petit rire. De toute façon, c'est pour ma mère. Leur donner un cadeau de temps à autre, ça les garde de bonne humeur. Tu veux m'accompagner et voir par toi-même?

— Voir quoi?

— Me voir lui donner le cadeau.

On a marché sur la route et dépassé la maison d'Eddie. Il était assis dans sa chaise de jardin avec son chapeau rabattu sur les yeux. J'espérais qu'il ne lèverait pas le regard et qu'il ne me verrait pas avec le Tambour. Nous l'avions presque dépassé quand il nous regarda de dessous son chapeau. Il ne fit aucun signe et moi non plus.

Le long de la route, à quelques kilomètres en dehors de Peggy's Cove, nous arrivâmes à la maison du Tambour. C'était une résidence énorme avec trois colonnes à l'avant et une longue allée circulaire pour les voitures, un gazon parfait et un gars qui taillait les haies.

On s'est dirigés vers la porte d'entrée. L'intérieur dégageait beaucoup de fraîcheur et de calme. Il y avait des tapis épais et une grosse horloge qui tictaquait au bas d'un long escalier.

On est entrés dans le salon. La mère du Tambour était assise devant un énorme piano noir. Tout le reste était blanc : les tapis, l'ameublement, les fleurs, le téléphone et les rideaux. Et le piano noir.

— Est-ce que tu ne vas pas me présenter ton jeune ami? demanda la mère du Tambour avant même que nous ayons franchi la moitié de la pièce.

— Mère, voici Ryan. Il demeure dans la baie avec sa tante, propriétaire de la boutique à cadeaux. J'en arrive justement et je t'en ai acheté un.

— Oh! quelle délicate pensée de ta part, James ! Qu'est-ce que c'est?

— Ouvre et tu verras.

— Est-ce que ton ami t'a aidé à le choisir?

Elle me regardait tout en s'adressant à lui. Puis elle répéta sa question.

— Non, dis-je. Il l'a choisi tout seul.

— C'est tout simplement charmant de ta part, James. N'est-ce pas un garçon préve nant?

Elle s'adressait à moi tout en le regardant. Puis elle répéta sa question en continuant de le fixer.

— Oui, je crois qu'il l'est, dis-je.

Elle se mit à tripoter l'emballage. Elle avait les doigts très maigres et ses mains trem- blaient.

— Bon, bon! quel fils prévenant!

Ses mains tremblaient plus que jamais.

Le Tambour me tira par le bras et par une porte cintrée nous sommes entrés dans une grande cuisine munie d'un four à micro- ondes, d'un foyer et de casseroles de cuivre accrochées un peu partout. Nous nous sommes fait deux sandwichs au beurre d'arachides et à la confiture et les avons apportés dans la grande pièce blanche au piano noir. La mère du Tambour s'était assise de nouveau au piano. Le cadeau reposait sur le dessus du piano en face d'elle. Il n'était pas défait. Elle le regardait intensément. Nous étions là à la regarder durant un bon moment, puis le Tambour me fit un clin d'œil et nous sommes partis.

Pendant que nous marchions dans l'allée et que nous dépassions le gars qui taillait la haie, je lui dis:

— Je ne savais pas que tu étais si riche.

— Ma mère est une des personnes les plus riches de Nouvelle-Écosse. Elle a peur d'ouvrir le cadeau. On dit qu'elle est à moitié folle.

— Pourquoi est-ce que ses doigts tremblent tellement?

— Parce qu'elle est à moitié folle.

Nous avons marché jusqu'au village et contourné une foule de touristes pressés autour de la barrière d'Eddie, le prenant en photo sur sa chaise.

Lorsque nous avons atteint le phare, il y avait là tant de touristes que tu pouvais à peine bouger.

Le Tambour déroba une boîte pleine de souvenirs dans un Winnebago.

Je pris un appareil-photo et une paire de jumelles de luxe et les donnai au Tambour. Ensuite, je revins à la maison.

Ce soir-là, tante Fay et moi prîmes un souper pas mal silencieux.

11

Eddie avait un émetteur-récepteur et une radio dans son bateau. Il branchait toujours la radio sur C.B.C. et son émetteur-récepteur sur le canal des pêcheurs.

Ce que je voulais dire à papa dans ma lettre c'était qu'Eddie finissait de pêcher quand le signal annonçait deux heures, parce que j'écoute toujours C.B.C. À Peggy's Cove, ils reçoivent le même signal que nous à Ottawa, sauf qu'Ottawa le reçoit à une heure. Ce signal a été donné à la radio durant des années et des années, ça remonte même aux années où papa était enfant. Papa n'a jamais aimé ce signal. Il disait toujours que ça le rendait nerveux. Il disait que lorsqu'il l'entendait, cela voulait dire qu'il allait être en retard à l'école. Et cela voulait dire qu'il aurait à se rendre chez le principal et que le principal l'emmènerait dans une petite pièce derrière son bureau et le torturerait, par exemple en lui frappant sur les doigts maintenus sur le pupitre.

De toute façon, quand nous sommes en voiture et que la radio est branchée sur C.B.C., papa pousse d'autres boutons pour essayer d'avoir du «rock and roll», et il change de poste chaque fois qu'on annonce les produits du colonel Sanders ou autre chose. Il tambourine avec ses doigts sur le tableau de bord et marque le temps selon le rythme de la musique.

Puis je retourne à C.B.C. pour voir s'il n'y aurait pas quelque programme scientifique ou quelque chose d'autre. Il y a des programmes intéressants à C.B.C.

Papa dit qu'il est fatigué d'entendre les gens discuter de ci et de ça. Il dit qu'il aime les chansons farcies de mots stupides, parce que cela ne l'oblige pas à penser. Puis il change encore de poste.

Quand il fait cela, j'allume mon poste amateur et je parcours les canaux pour voir si on n'annoncerait pas quelque désastre.

Les amateurs de radio raffolent de désastres. On ne parle que de ça. Naturellement, il n'y a jamais de désastres à Ottawa.

Mais nous parlons de désastres possibles. Je suis probablement le plus jeune sur les ondes. La plupart des adeptes des postes amateurs sont à peu près de l'âge de papa. Habituellement, je demande à quelqu'un l'heure qu'il est ou quel est son «20». Puis je demande s'il y a des orages, des tornades ou des ouragans, des inondations ou des tremblements de terre, des explosions ou un embouteillage de cinquante voitures, mais il n'y a jamais rien.

Et tout ce qui est jamais survenu depuis que j'ai mon poste amateur c'est que le radiateur d'un gars s'est mis à bouillir sur le Queensway et tout le monde en a parlé pendant au moins une demi-heure.

De toute façon, chaque jour sur le bateau d'Eddie, nous écoutions le signal de deux heures à la radio régulière et nous attendions le long signal, parce que c'était à ce moment-là qu'Eddie disait toujours :

— C'est le temps de plier bagage.

Et nous rentrions nos lignes et nous nous dirigions vers la maison.

Environ une minute avant deux heures, l'annonceur commençait. «Au début du trait prolongé, il sera deux heures. Beep... beep... beep... beeeep !»

— C'est l'temps de revenir, disait Eddie.

Et nous revenions.

Et ça se passait comme ça. Eddie, Wingding et moi nous pêchions le matin. Nous finissions à deux heures chaque jour et, aux environs de trois heures, notre prise était nettoyée, Wingding allait se reposer dans la cabane à pêche, à l'abri du soleil, pour un petit somme, et Eddie montait la côte et s'asseyait dans sa chaise durant une bonne heure, regardant le village.

Tante Fay m'avait averti de ne jamais déranger Eddie ou Wingding l'après-midi, à moins qu'ils ne m'y invitent. Je n'ai jamais vu Wingding l'après-midi après qu'il eut pénétré dans la cabane à pêche. Sauf à la pêche et le soir où nous avons assisté à l'improviste à son spectacle, je ne l'ai qu'entrevu par ma fenêtre sur son estrade la nuit dans l'école. Tante Fay me disait qu'elle pensait qu'il allait faire des marches sur la grand-route ou qu'il accomplissait de petits travaux, comme couper du bois pour des gens durant l'après-midi.

Un jour que j'errais sans but, je vis Eddie dans sa chaise qui me faisait signe d'approcher.

C'était dur de grimper jusqu'à la chaise d'Eddie, car il y avait tellement de touristes. En haut de la côte, devant la maison d'Eddie, il y avait une grande foule autour de sa barrière, le regardant et prenant sa photo. Eddie ouvrit sa barrière pour moi, me tira à l'intérieur, puis la referma rapidement avant que les touristes ne puissent se glisser derrière moi. Les touristes vont n'importe où, qu'ils soient invités ou non. Certains grimpaient sur la barrière, agitant leur appareil dans notre direction. Ils avaient l'air fâchés.

— Pire que les mouettes, disait Eddie.

On a marché jusqu'à l'endroit où se tenait la veuve Weed. Le vent s'engouffrait dans sa robe noire. Elle avait les bras croisés et fixait la mer.

— La veuve Weed veut nous inviter à prendre une bonne tasse de thé, me dit Eddie.

Nous avons attendu derrière elle jusqu'à ce qu'elle ait terminé son cérémonial habituel. Puis elle fit demi-tour et nous nous sommes rendus à sa maison.

C'était une dame ravissante, la veuve Weed. Elle avait des mains très rudes et un visage très doux. Et elle sentait le bon pain de ménage cuit au four.

Pendant qu'elle préparait le thé dans la cuisine, je pouvais l'entendre se parler à elle-même.

Une fois le thé infusé, nous nous sommes assis un instant dans son salon. Puis elle s'est levée et nous a invités à la suivre dans son garage:

— Aimeriez-vous apporter votre thé? demanda-t-elle.

— Ça serait agréable, dit Eddie.

Le garage était petit et net, tout aussi propre que sa maison. Nous y sommes entrés et sommes restés plantés là, avec notre thé, regardant le crâne du requin.

— C'est toi, non? C'est toi. Eh? N'est-ce pas toi? dit la veuve au crâne du requin. N'est-ce pas toi, voyons?

Et elle répétait continuellement cette phrase comme une mélopée, d'un ton très calme.

Puis elle appuya sa main sur mon épaule et détournant son regard du crâne du requin, elle se pencha vers moi:

— L'océan peut être très dangereux. Jouis de la mer à distance, dit-elle.

— Comme c'est bien! s'exclama Eddie.

Elle parla de nouveau au requin sur le mur, puis Eddie et moi sommes sortis du garage et nous sommes revenus à sa chaise.

Il s'assit et rabattit son chapeau sur ses yeux pour ne pas voir les touristes qui prenaient sa photo.

Je marchai jusqu'à la barrière et descendis la côte. Quelques touristes marchèrent à mes côtés et me posèrent un tas de questions au sujet d'Eddie: qui il était, etc.

— C'est mon père, dis-je.

Ça ne me faisait rien de leur jeter ce mensonge.

Puis je m'arrêtai pour observer des gens qui tentaient de tirer une remorque d'un tas de pierres le long de la route.

Certains voulaient la pousser vers l'arrière, d'autres vers l'avant. Tout le monde poussait, mais la remorque n'allait nulle part.

Je pensais beaucoup à la plaque sur le phare. Et aussi au vieux monsieur Weed et au requin et à toutes sortes de choses et tout spécialement au mot «dangereux».

Pêcher pouvait être dangereux. Une personne pouvait se blesser ou même se tuer en pêchant. Et me voilà, pêchant chaque jour sur une mer dangereuse.

Ma lettre semblait vraiment claire, maintenant.

Je le rendrai triste en lui rappelant le bon vieux temps.

Je le rendrai inquiet en lui disant que je suis un voleur.

Je l'alarmerai à cause de tout le danger qui m'entoure.

— Que pensez-vous de ça? demandai-je.

Il y avait des milliers de gens autour de moi.

Mais j'étais seul.

12

P arfois, le soir, je grimpais la côte jusqu'au restaurant près du phare et je prenais un bol de pain d'épice chaud au raisin avec de la crème. C'était la spécialité de la maison. J'attendais pour voir si le Tambour se montrerait.

Je mangeais mon pain d'épice chaud au raisin avec de la crème très lentement et je regardais les autres manger. Il y avait encore quelques touristes laissés pour compte et quelques personnes de Peggy's Cove.

Les touristes ne mangent pas vraiment quand ils mangent. D'abord, il ne regardent pas la personne assise à leur table. Que ce soit leur femme ou leur sœur ou leurs enfants ou quelque chose comme ça, ils ne semblent jamais les regarder comme des gens normaux le font.

Les touristes regardent toujours les gens des autres tables pour voir ce qu'ils mangent, ce que certains commandent ou comment ils sont vêtus.

Les gens normaux regardent aussi autour d'eux, mais pas comme le font les touristes. Les touristes regardent pendant qu'ils mâchent leur nourriture. Les gens civilisés regardent autour d'eux quand ils ne sont pas en train de mâcher, seulement pour voir quelqu'un d'intéressant ou pour une pause. Les touristes ont toujours peur qu'on leur enlève leur nourriture ou qu'on les frappe sur la tête pendant qu'ils ne regardent pas.

Je bâtissais toutes sortes de plans dans ma tête, assis là, dans le restaurant. Je préparais ce que je dirais à papa dans ma lettre, ce que j'écrirais ce soir-là dans ma chambre.

Je projetais de rappeler à papa la fois où nous avions fait un tour de voiture jusqu'à la route panoramique qui longe la rivière des Outaouais pour bavarder avec notre entrain habituel.

«Tu te souviens du jour où tu m'as invité à une petite promenade pour une causette après ce bulletin scolaire terrible? Nous avons roulé jusqu'à la promenade panoramique le long de la rivière.

«C'était une soirée d'automne magnifique et nous étions assis dans la voiture, parlant de l'école, quand soudain deux voitures de la G.R.C. nous ont encerclés. Les policiers nous ont ordonné de sortir de la voiture. Alors nous sommes sortis et l'un des gendarmes m'a demandé si je connaissais cet homme, en te désignant du doigt. Finalement, nous avons appris qu'ils étaient à la recherche d'un type qui avait attaqué des garçons dans les environs et ils nous ont ordonné de décamper.

«Et toi tu as dit: Pourquoi? Et il y a eu une chaude discussion et tu as ajouté: si vous avez conclu que je ne suis pas un maniaque sexuel, est-ce que je ne peux pas m'asseoir ici avec mon fils et avoir une petite discussion avec lui à propos de son horrible bulletin scolaire par cette magnifique soirée d'automne?»

Je dis à Eddie que j'allais mettre cela dans une lettre à papa et Eddie pensa que c'était très bien.

— C'est très bien, dit Eddie. J'ai été sept ans à l'école. Exactement à cette école où demeure Wingding.

Wingding émit un petit claquement lorsqu'il entendit son nom.

— Sept ans ! Ils m'ont donné le même bulletin chaque année. Une bonne façon d'économiser du papier.

De toute façon, j'étais assis là, faisant des plans, avec mon bol de pain d'épice à la crème et, entre deux bouchées, je jetais des coups d'œil furtifs aux gens qui mangeaient, en particulier à ceux qui s'aimaient. Je pense que je me sentais un peu seul à cause de papa et de tout.

Je cherchais des gens vrais qui se regardent les uns les autres par-dessus la table, qui parlent de choses et d'autres d'un ton calme et qui ne regardent jamais autour d'eux pendant qu'ils mâchent.

Une des premières fois où je suis allé au restaurant, j'ai vu Eddie entrer avec la dame qui tenait le bureau de poste. Ils se sont assis dans un coin éloigné. Je ne pouvais pas les voir très bien. Alors j'ai poussé un peu mon bol et penché un peu la tête pour les apercevoir entre un pilier et une horloge de parquet.

Ils étaient les meilleurs mangeurs de la place. Comme moi, ils mangeaient du pain d'épice chaud avec de la crème, je le devinais à cause des cuillères et des bols. Eddie prenait une pleine cuillerée et la dame prenait une pleine cuillerée et ils portaient les cuillères à leur bouche en même temps. Puis ils déposaient les cuillères, mâchaient pendant un moment et se regardaient pendant tout ce temps-là. Après avoir avalé le pain d'épice, ils s'appuyaient au dossier de leur chaise et jetaient un regard autour d'eux, mais tu ne pouvais dire qu'ils étaient dans un restaurant quand ils regardaient autour d'eux. Ils auraient tout aussi bien pu être assis sur un rocher ou sur un quai, observant seulement les mouettes ou la mer. Tout était vraiment paisible lorsque, soudain, à peu près mille touristes envahirent le restaurant et gâtèrent tout.

Habituellement, les touristes n'arrivaient pas en foule après le coucher du soleil, principalement parce qu'ils ne pouvaient plus prendre leur photo favorite.

Mais, de temps à autre, tu en avais tout un convoi, perdus ou en retard dans leur programme ou pour toute autre raison. Ils envahissaient Peggy's Cove pour voir le phare la nuit et se rendaient au restaurant pour un dernier casse-croûte.

Le chef du groupe entrait le premier et, les mains sur les hanches, faisait un tour d'horizon. Tu pouvais deviner qu'il n'était pas de très bonne humeur. Sa figure était très tendue.

Il ressemblait à un de mes professeurs qui, un jour, dit à une bande de mes copains qui ne faisaient pas attention: «Si vous ne la fermez pas, je vais vous lire de la poésie!»

Enfin, après avoir jeté un regard autour de la place pour des sièges libres et sur les gens qui avaient presque terminé leur pain d'épice à la crème et qui occupaient des tables complètes, même s'ils étaient peu nombreux (comme moi, par exemple), le chef-touriste sortait et criait quelque chose.

Puis ils se répandaient dans le restaurant.

Comme ils bloquaient la porte, je vis Eddie et la dame avaler rapidement leur dernière cuillerée de pain d'épice, prendre leurs affaires, saluer le caissier et sortir par la porte de côté juste à temps.

Dix secondes plus tard, le restaurant était comble. Les cinq touristes qui voulaient ma place se tenaient debout juste à côté de moi, fixant mon bol. Il y avait la mère, le père, la grand-mère, le grand-père et un garçon à peu près de mon âge.

Dans le reste du restaurant, tu pouvais entendre les tables que l'on déplaçait, les chaises que l'on renversait,

la vaisselle que l'on brisait, les gens qui criaient et les marmots qui braillaient.

L'enfant, dans mon groupe, avait la lèvre retroussée et semblait hésiter entre l'envie de vomir et celle de pleurer. Le grand-père bâillait. Le père souriait. Cependant, ce n'était pas vraiment un sourire. C'était quelque chose de différent d'un sourire. Mon grand-père, maintenant décédé, le décrivait de cette façon: «Il avait un sourire qui faisait penser à un âne mangeant des chardons.»

Comme je me déplaçais de côté pour les éviter, l'enfant me murmura quelque chose que je n'oublierai jamais. Personne ne l'entendit, sauf moi.

— Es-tu seul? me demanda-t-il.

— Oui, répondis-je.

— Eh bien! dit-il, comme tu as de la chance!

Imagine-toi ! Il m'a dit que j'avais de la chance parce que j'étais seul au monde!

Puis le Tambour arriva et fit son truc du sac en plastique si doucement que je m'en aperçus à peine.

Quand je lui apportai les pierres, il me dit:

— Une des grandes occasions dans la vie, c'est de travailler avec un pro.

Je travaillais avec lui, d'accord ! Mais seulement pour inquiéter papa. Je n'étais pas vraiment un voleur.

— Suis-je vraiment un voleur? me demandai-je à haute voix.

13

Nous avons pêché et pêché, pris des milliers de kilogrammes de morue, des centaines de kilogrammes d'aiglefin, utilisé des milliers de calmars comme appât et nous avons parlé. Et sur la rive, les touristes obstruaient la route, essayant d'être partout à la fois, les mouettes et le soleil remplissaient l'air et la veuve Weed surveillait.

Nous étions ancrés à environ cinq kilomètres au large, regardant le phare monter et descendre, écoutant seulement nos lignes frotter et chanter contre le plat-bord du bateau.

Et Eddie faisait son petit geste et disait: «C'est une morue» ou «un aiglefin», et ses gants orange commençaient à étinceler au soleil, et hop ! une morue ou un aiglefin se balançait au bout de sa ligne comme il l'avait prédit. Et Wingding faisait claquer sa langue ou émettait un bruit déchirant pour effrayer une mouette.

Parfois nous nous engagions dans de petites discussions, seulement pour taquiner Wingding un peu et l'amener à regarder en arrière et en avant alternativement vers nous comme quelqu'un qui observerait une partie de tennis. Chaque fois qu'il regardait l'un de nous, il faisait «clac!».

Nous parlions de choses de ce genre:

— Si la marmotte voit son ombre, ça veut dire un très bel hiver court, disait Eddie.

— Clac! disait Wingding.

— Non, disais-je. Je pense que si la marmotte voit son ombre, il y aura six semaines d'hiver de plus.

— Clac! disait Wingding.

— Peut-être as-tu raison, disait Eddie. Si elle voit son ombre, ça veut dire un long hiver, ce qui est pas tellement bon.

— Clac!

— Non, disais-je. Je pense que tu as raison: ça veut dire un très bel hiver court.

— Clac!

— Non, je pense que tu as raison.

— Clac !

— Non, c'est toi !

— Clac !

— Non, je pense que c'est toi.

— Clac !

— Une morue!

— Clac!

Ou on parlait d'horloges:

— Quand tu avances les horloges, tu perds une heure et cela rend les jours plus longs et meilleurs, disait Eddie.

— Clac!

— Non, c'est quand tu recules les horloges que tu gagnes une heure et que tu rends les jours meilleurs et plus longs, disais-je.

— Clac!

— Peut-être que tu as raison, disait Eddie. Si tu recules le réveil, alors tu te lèves plus tôt et la journée est plus longue.

— Clac!

— Non, répliquais-je. Je pense que tu as raison. Si tu avances l'heure, la lumière du jour se prolongera dans la soirée.

— Clac !

Non, je crois que tu l'as très bien démontré, disait Eddie.

— Clac!

— Je pense que tu as raison.

— Clac !

— Non, c'est toi.

— Clac !

— Un aiglefin !

— Clac!

Puis, nous levions l'ancre et nous nous déplacions un peu. Alors, Eddie se tracassait comme à l'habitude au sujet de la façon dont Wingding levait l'ancre.

— Ne t'avance pas si loin. Tu n'as pas besoin de voir comment elle remonte. Elle remontera bien facilement par elle-même. Je n'aime pas le voir se pencher comme ça. Ce n'est pas une bonne façon d'agir quand tu lèves une ancre.

— Clac ! répondait Wingding, se penchant bien au-dessus de l'embarcation pour regarder l'ancre remonter, sa figure touchant presque l'eau.

14

Environ trois semaines après ma première randonnée de pêche, tante Fay me demanda si je voulais inviter Eddie et Wingding à venir prendre des rafraîchissements chez nous après la pêche.

Il serait environ trois heures de l'après-midi et ferait passablement chaud. Alors, elle suggéra du gin, de la limonade et des sandwichs. Elle devait se rendre à Halifax ce matin-là et elle rapporterait le gin, la limonade et la viande pour les sandwichs.

Alors, Wingding, au lieu d'aller faire un somme dans la cabane de pêche, et Eddie, au lieu de grimper la côte vers sa chaise, ils sont venus s'installer sur la pelouse de tante Fay, derrière la boutique, et nous avons pique-niqué.

Tante Fay apporta une grosse bouteille de gin, un pot de limonade, un plat de sandwichs et trois verres. Elle apporta aussi un petit seau rempli de cubes de glace.

Elle me demanda de m'occuper des invités.

Comme il resterait beaucoup de gin, parce que la bouteille était grosse, elle me suggéra d'emporter la bouteille dans ma chambre après leur départ et de la garder là pour recevoir mes amis chaque fois que je le voudrais.

Comme nous étions derrière la boutique, les touristes ne pouvaient nous voir et nous étions alors en sécurité.

Je remplis mon verre de glace et de limonade et passai le pot à Eddie. Il mit de la glace dans son verre, puis du gin, puis de la limonade. Puis il prit un sandwich et y mordit carrément.

Wingding prit un verre et le remplit de gin. Puis il prit un sandwich, en trempa un coin dans le gin et commença à manger.

Nous parlâmes un peu de la veuve Weed et de la tête du requin et un peu de la boutique de tante Fay ainsi que des belles choses qu'elle y vendait.

Wingding en avait terminé avec son sandwich et son gin. Il fit claquer sa langue et se servit un autre grand verre de gin.

Je leur parlais de la pêche que je faisais avec papa et des espèces de poissons que nous prenions, comme la perchaude et le brochet, puis Wingding se versa encore un autre grand verre de gin.

Peu après, Eddie dit qu'il devait partir. Il ne restait plus que Wingding et moi. Sou-

112

dain, Wingding sembla affamé, mangea tout le reste des sandwichs et se versa un autre grand verre de gin.

Je lui en disais davantage sur ce que j'avais mis dans ma lettre à papa.

Je lui détaillai ce que j'avais écrit sur les dangers de la pêche et mon habileté comme escroc.

Je lui dis aussi combien mon père me manquait et comment, parfois, je faisais semblant qu'il était à Peggy's Cove avec moi, au restaurant, mangeait de la crème et du pain d'épice, ou peut-être marchait tout simplement avec moi sur la route.

Et je lui avouai également que, parfois, je feignais d'être à sa recherche ou que j'étais censé le rencontrer à l'enseigne des Touristes Insouciants. Ou je m'imaginais que je tombais sur lui tout simplement par hasard au coin d'un immeuble ou en ouvrant une porte.

Puis, si personne ne regardait, je m'arrêtais et nous avions une petite causette tous les deux. Je m'imaginais le visage de papa tel qu'il était avant sa fuite et la façon dont il penchait la tête d'un côté et adoucissait l'expression de ses yeux quand il m'écoutait lui dire quelque chose.

Nous parlions du plaisir que nous avions à la maison quand il prenait un bain, et comment j'attendais que la salle de bains soit très chaude et remplie de vapeur pour en ouvrir et refermer vivement la porte, m'en servant comme d'un éventail, et comment il se mettait à crier «Au secours! au secours! quelqu'un évente la salle de bains pendant que je prends un bain! Au secours! Police! on m'évente avec la porte encore une fois!»

Après avoir dit à Wingding que je me servais de la porte comme éventail, il parut vraiment triste. Il versa ce qui restait de la grosse bouteille de gin dans son verre, posa une main sur mon bras, versa quelques larmes et sortit son «clac!» à plusieurs reprises. Il était vraiment bien triste.

J'en vins presque à poser ma main sur le dos de la sienne, mais, pour quelque raison, je m'abstins. J'y pense encore. J'aurais dû poser ma main sur la sienne. Tu devrais toujours poser ta main sur la main de quelqu'un qui pose la sienne sur ton bras. surtout quand il pleure. Parce que si tu ne le fais pas et s'il allait mourir peu après, tu le regretterais. Et tu n'y pourras rien pour le reste de ta vie.

Rien!

Wingding pointa son doigt vers la bouteille de gin vide sur le gazon, émit quelques claquements, puis se leva et partit. Il contourna la boutique et prit la route.

J'observais un groupe de touristes qui le suivaient, certains marchant en avant de lui. Ils essayaient de lui parler et de prendre sa photo, quand tante Fay sortit de la boutique et me donna des nouvelles.

Maman avait téléphoné, Elle avait l'adresse de papa.

Je pouvais maintenant mettre ma lettre à la poste.

Je regardai la route jusqu'au phare. Wingding posait pour les appareils-photo. Il y avait une grosse foule autour de lui. Il saluait et enlevait son chapeau. Les touristes en perdaient la raison.

Une fois ma lettre prête, je montai au phare pour la poster.

Je lus la plaque qui donnait la façon de jouir de la mer, puis j'entrai et fis la queue avec les touristes. La dame parlait très calmement à la personne en tête. Tout était calme là-dedans et poli.

La dame du phare semblait être la seule personne dans Peggy's Cove qui pouvait apaiser les touristes.

Il lui fallut peser la lettre, car elle était pas mal épaisse et un peu lourde. Elle me sourit et me donna tous les timbres requis.

— Eddie m'a tout dit au sujet de ta lettre. Il semble qu'elle soit très belle.

Des touristes regardaient au-dessus de mon épaule les timbres que j'y apposais:

— Il envoie une lettre épaisse et longue à son papa, leur dit-elle. Comme c'est bien!

— Est-ce que tu demeures à Peggy's Cove? demanda un touriste.

— Ce serait un endroit formidable pour y vivre, dit un autre touriste. Ça fait «si réel»!

— Il y a de la tristesse, des crimes et du danger dans la lettre, dis-je à la dame du phare.

— Par exemple! Comme c'est bien, s'exclama-t-elle. Comme c'est bien!

Et elle me lança un drôle de regard.

Je me demandai si je devais poster ma lettre ou non. Elle contenait des choses qui n'étaient pas tellement vraies. Moi comme voleur, par exemple. Poster une lettre a quelque chose de troublant. Une fois que tu la laisses tomber dans la fente, tu sais que tu ne pourras jamais la récupérer. Même avant qu'elle atteigne le fond, tu sais qu'elle est partie. Ce n'est pas comme lorsque tu dis quelque chose que tu regrettes. Tu peux toujours dire: «Je retire ce que j'ai dit. Je le regrette.» Mais une lettre! Tu l'écris, puis tu la glisses dans une enveloppe que tu lèches ensuite et tu y mets l'adresse et tu apposes les timbres. Tout est encore très bien. Tu peux encore la déchirer et la jeter au panier. Mais une fois que tu as laissé tomber une lettre dans la fente, même avant qu'elle n'atteigne le fond, tu sais que tu ne pourras jamais la récupérer.

Je laissai tomber la lettre dans la fente, et j'entendis un bruit lorsqu'elle atteignit le fond.

Le même jour, à l'heure du souper, on nous a pris tous les deux, le Tambour et moi, en train de voler.

15

Cela s'est passé si rapidement!

Au moment où le Tambour saisissait le sac, un agent de police et un autre homme l'empoignèrent par les bras.

Puis l'autre homme me désigna et le propriétaire du restaurant s'avança vers moi et me demanda de sortir avec l'agent de police, l'autre homme et le Tambour.

Le Tambour sifflait comme un fou furieux entre ses dents. Nous descendîmes le long des rochers vers le phare pour nous éloigner de la foule. Tout le monde nous regardait et des enfants de touristes désignaient du doigt l'agent de police qui tenait le bras du Tambour. C'était une soirée splendide. Le soleil se préparait à s'enfoncer dans la mer et tu pouvais te rendre compte que les touristes devenaient un peu nerveux. Les mouettes se contentaient d'effectuer des circonvolutions dans les airs, presque silencieuses. Quelques voiliers tachaient la mer ici et là. Il y avait une légère brise.

Mon esprit était surtout absorbé par la prison. Des barreaux. Des murs de ciment. Un lit de fer. Un pot de chambre dans un coin. Un évier couvert de taches brunes. Je suis vêtu de gris. Il y a un gars dans l'autre cellule. Il se lamente et manifeste tout son regret d'un ton pleurnicheur. Puis les gardiens surviennent. J'ai des visiteurs. C'est maman et papa et ma sœur Megan. Maman pleure parce que je suis si maigre et j'ai l'air si affreux. Papa fixe ses pieds, se murmurant à lui-même combien tout cela est de sa faute à cause de sa fuite et j'abonde dans son sens. Je dis à ma sœur qu'elle peut prendre tout ce qu'elle veut dans ma chambre, parce que je n'en aurai plus besoin. Elle me demande si elle peut avoir mes jumelles aussi. Elles ne sont pas dans ma chambre: elles sont en bas dans un tiroir de la cuisine — et je lui réponds «mais oui, pourquoi pas?» Maman dit à ma sœur de ne pas être aussi sans-cœur. Puis on m'apporte mon dernier repas. Et ma sœur mange presque toutes mes frites.

L'autre homme était l'agent de libération conditionnelle du Tambour. Il avait une bonne figure, mais il avait l'air fâché et demandait au Tambour: «Pourquoi?» Et il lui disait des choses comme: «Combien de fois faudra-t-il te le dire?»

Personne ne me retenait par le bras et je désirais me sauver et sauter du haut des rochers près du phare, jusqu'en bas de la falaise et dans la mer.

L'agent de police ramena sa voiture de l'arrière du restaurant. Je me souvins que, lors de notre voyage dans l'Ouest, j'avais été un bout de temps dans une voiture de police. Mais ça c'était amusant. Cette fois-là, j'étais un invité. Cette fois-ci, j'étais un criminel. Il plaça le Tambour et moi à l'arrière. Quand la portière fut fermée, le Tambour se mit à siffler comme un fou, tambourinant de ses doigts sur le haut de la banquette avant. Je ne pouvais croire qu'il pût faire cela à un pareil moment.

Je détestais ce bruit.

Son sifflement et son tambourinage s'amplifiaient. Les sifflements me donnaient comme des coups de couteau dans la tête. L'agent de police fit démarrer la voiture:

— Nous irons d'abord chez l'autre garçon, dit-il en même temps à l'autre homme. On m'a dit qu'il demeure tout juste en bas de la côte, derrière cette boutique là-bas.

Le sifflement et le tambourinage étaient plus bruyants que jamais. Je ne pouvais plus endurer ce fracas.

— Pourquoi ne la fermes-tu pas? criai-je. Pourquoi ne la fermes-tu pas? espèce d'idiot!

Le Tambour cessa son tapage et me regarda avec de la haine sur son visage. Sa lèvre était retroussée comme celle d'un chien qui gronde. Il semblait une autre personne. Il avait une figure que je ne lui connaissais pas.

J'avais envie de le massacrer.

Je jetai un regard en arrière vers le phare où j'avais posté ma lettre à papa. J'espérais que le phare décollerait comme une fusée et emporterait ma lettre dans l'espace interplanétaire. Ou peut-être exploserait-il et tomberait-il dans la mer où il coulerait pour toujours.

— Bon, calmez-vous en arrière, dit l'agent de police. Nous allons descendre et parler à ton père d'abord. Tu vis derrière la boutique, n'est-ce-pas?

Puis je m'entendis dire une chose horrible. Je ne me rendis pas compte que je l'avais dite jusqu'à ce que j'aie entendu mes propres paroles.

— Je n'ai pas de père, dis-je.

C'était si stupide de dire une chose comme ça. C'était le Tambour qui n'avait pas de père. Pas moi Qu'est-ce qui m'avait pris?

— Tu veux dire que ton père est mort ou quelque chose comme ça? demanda l'agent de police.

— Non, je veux dire qu'il est parti. Je veux dire que je suis parti. Pour l'été. Je vis avec ma tante.

J'étais complètement bouleversé et embrouillé !

— Alors, tu as donc un père. Ne dis pas que tu n'as pas de père si t'en as un. Tu as bien de la chance d'avoir un père. Beaucoup d'enfants n'ont pas de père. Les enfants de nos jours ! Ils disent les choses les plus stupides parfois.

Nous nous engageâmes dans l'entrée chez tante Fay et descendîmes de voiture. L'agent sortit le premier. Nous sommes montés jusqu'à la porte et l'agent frappa.

Je ne m'étais jamais senti aussi stupide de ma vie, debout là, attendant que ma propre porte s'ouvre.

L'agent se présenta et nous entrâmes.

— Votre neveu a quelques ennuis en ce moment.

Pendant qu'il était en train d'expliquer la situation, tante Fay vint à moi et posa son bras sur mon épaule. À ce moment-là, elle me rappela si bien papa, que je regardai sa main à plusieurs reprises sur mon épaule pour bien m'assurer que c'était vraiment la sienne.

Ils décidèrent que nous irions tous à la demeure du Tambour.

— Nous prendrons les décisions finales sur tout ça là-bas, dit l'agent.

Il était très poli avec tante Fay, l'appelant «ma'am» et ouvrant les portes pour elle et l'aidant à monter dans la voiture.

Nous nous sommes rendus chez le Tambour et avons laissé la voiture près des grosses colonnes blanches. Le Tambour entra le premier et ouvrit la porte si rudement qu'elle frappa le mur avec fracas.

Sa mère arborait son sourire de folle en nous invitant dans son grand salon blanc avec le piano noir, comme si nous devions assister à une réception ou à quelque fête.

L'agent des libérations conditionnelles vint nous rejoindre. Il s'entretint avec le Tambour et sa mère pendant que l'agent se tenait avec tante Fay et moi à l'autre bout du salon.

— Nous ne porterons pas d'accusation, à cause des circonstances atténuantes, à cause de l'âge de votre neveu et parce que vous devrez répondre de sa conduite à compter de maintenant. Mais j'ai voulu que tous deux vous vous rendiez compte où peut mener une pareille conduite.

Il s'exprimait comme s'il lisait dans un livre.

Puis tante Fay et moi nous sommes assis et avons écouté l'agent de police discuter avec l'agent des libérations conditionnelles et la mère de ce qu'ils allaient faire du Tambour. On l'enverrait «quelque part» pour un bout de temps.

Quand on quitta la maison à colonnes, le brouillard avait l'épaisseur d'une soupe. Comme l'agent ouvrait la portière de la voiture, tante Fay lui dit combien elle appréciait son aide et que nous marcherions jusqu'à la maison, s'il n'y voyait pas d'objection.

— C'est plus d'un kilomètre, ma'am, et c'est pas mal brumeux.

— On y arrivera, dit-elle avec son petit rire, on y arrivera.

On pouvait entendre une bouée au large gémir comme si elle était victime de douleurs terribles.

— J'ai comme un pressentiment que ton père va revenir, me dit tante Fay, alors que nous marchions le long de la route dans le brouillard.

— Qu'est-ce qui te fait dire ça? répondis-je.

— Je le sais parce que je le connais. C'est mon frère, tu sais, et je suis pas mal sûre qu'il est parti pour un mois ou deux seulement, afin de réfléchir et de voir clair dans certaines choses.

— Quelles choses?

— Oh! des choses comme être un père, le pourvoyeur de la famille, être un mari, toutes responsabilités qui peuvent épouvanter parfois.

— J'ai eu peur au restaurant aujourd'hui.

— Quelle impression est-ce que ça te faisait? Comment te sentais-tu?

— J'avais envie de sauter du haut de la falaise dans la mer. Je sentais que j'avais besoin de courir et de courir.

— As-tu déjà fait semblant que tu lui parlais quand tu étais seul?

Je ne répondis pas.

Je voulus lui demander comment elle savait cela. Le brouillard bougeait entre nos jambes comme nous marchions. Devais-je le lui demander? D'habitude, je n'aurais pas posé une question comme celle-là. D'habitude, j'aurais gardé de telles questions pour moi-même.

— J'ai appris que tu as crié au Tambour de se taire, laissa-t-elle tomber après que nous eûmes marché en silence pendant un bout de temps.

— Comment as-tu su cela?

— L'agent des libérations conditionnelles me l'a dit.

— J'aurais voulu frapper le Tambour au visage.

— J'en suis heureuse.

— Comment savais-tu que je parle parfois à papa quand je suis seul? insistai-je.

— Parce que je t'ai entendu... dans ta chambre.

Je me sentis si embarrassé et si stupide que je m'arrêtai sur la route, fixai mes pieds et commençai à pleurer comme un bébé.

Je ne pouvais m'en empêcher.

— C'est bon, ça va, dit tante Fay. Veux-tu savoir quelque chose? Sais-tu que ça arrive à tout le monde? Chacun dans ce monde parle aux êtres aimés quand ils ne sont pas là. Tous. Même les gens qui n'ont personne. Ils se créent des êtres qui les aiment et qui leur parlent. Tout le monde le fait.

Je me tenais penché, la main crispée sur le ventre.

— Est-ce que papa le fait?

— Certainement.

— À qui parle-t-il?

— Dans le moment, probablement à toi.

Puis, tout le paquet sortit. Je mis tante Fay au courant de toutes les sottises que j'avais commises. Je lui déballai tout ce que j'avais mis dans la lettre, lui avouant combien elle était fausse. Et je lui dis que dans tout cela, je n'essayais que de le ramener à nous, de l'attraper.

Après un bout de temps, je commençai à me sentir pas mal mieux.

Tu te sens mieux quand tu te décharges le cœur.

Tante Fay m'assura que papa se rendrait compte probablement de ce que j'essayais de faire. Quand tu aimes une personne, tu sais toujours pourquoi elle fait des choses.

— Il n'est pas stupide, tu sais, ajouta-t-elle.

Cela me rappela ce que le Tambour me dit un jour.

Je ne sentis plus dès lors le désir de le frapper. Je le plaignis seulement.

Je me demandai à qui il parlait quand il était seul.

Je me demandai à qui il parlerait lorsqu'il serait «quelque part».

— Une chose est certaine, dis-je à tante Fay avant d'éteindre la lumière de ma chambre: je n'irai plus jamais à la pêche avec Eddie et Wingding. Jamais !

— Pourquoi? Mais naturellement, tu vas continuer d'y aller. Comment peux-tu parler ainsi? Naturellement, tu vas y aller. Tiens, je règle ton réveil pour toi. Que dirait ton père s'il apprenait que tu as cessé de pêcher? Pourquoi n'irais-tu plus à la pêche?

— Parce que j'ai honte.

— N'y pense plus. Bon, maintenant, il te faut une bonne nuit de sommeil. Tu as eu une journée pas mal mouvementée aujourd'hui !

J'éteignis ma lumière et me tournai vers le mur. Tante Fay régla mon réveil, me souhaita bonne nuit et ferma la porte.

Après quelques minutes, quand je fus sûr qu'elle était descendue, je parlai au mur.

— Je n'irai pas, papa. Je n'irai tout simplement pas. J'ai trop honte. Qu'est-ce qu'Eddie et Wingding pensent de moi, maintenant? Maintenant que je suis un voleur? Je ne pêcherai jamais plus avec eux. Jamais !

Puis j'étendis mon bras vers le réveil et j'en bloquai la sonnerie.

16

Lorsque je m'éveillai le lendemain matin, je ne pouvais croire ce que je voyais.

Eddie et Wingding étaient assis au bord de mon lit.

Il était sept heures.

— Tu ne viens pas à la pêche aujourd'hui? dit Eddie en me frottant la tête de sa grosse main rude.

Wingding fit «clac !».

— Nous avons attendu un bon moment au cas où nous aurions des avertissements concernant une tempête possible, mais tout va bien. Nous y allons.

— Nous y allons? dis-je, encore à moitié endormi.

— Pour sûr. La mer est bonne et rude. C'est bon pour la pêche.

— Vous voulez que j'y aille?

— Clac !

— Vous voulez vraiment que j'y aille?

— Bon! maintenant, si t'as encore de ce bon gin, on peut tous rester ici et avoir une autre «garden party», dit Eddie en regardant Wingding comme il le faisait quand il voulait le taquiner un peu.

Wingding releva le menton et secoua la tête d'une façon qui disait: «Plus de gin, s'il vous plaît», puis il fit claquer sa langue et prit un air comme s'il était forcé d'engloutir dix citrons.

J'eus envie de le serrer dans mes bras.

— J'apprends que tu es une espèce de voleur. Tu n'es même pas capable de te faire arrêter de la bonne façon ! grogna Eddie en me jetant mon pantalon et ma chemise au visage. Tu serais mieux de t'en tenir à la pêche, mon garçon. Allons! habille-toi, nous perdons du bon temps de morue.

En une minute j'étais habillé et me dirigeais déjà vers la porte. Tante Fay me donna un sandwich et me fit un large sourire.

J'étais si heureux que je ne pouvais parler. Je lui donnai un bec et nous partîmes.

Eddie et Wingding ne s'étaient donc pas préoccupés de ce que j'avais fait avec le Tambour.

Et papa ne s'en serait pas inquiété non plus. Je le savais maintenant.

Tout irait très bien.

C'est ce que je pensais.

Il n'y avait ni brume ni vent, mais l'eau dans la baie soulevait l'embarcation qui montait et descendait beaucoup plus que d'habitude et s'engouffrait autour des poteaux du quai avec des bruits de claquement sonores.

Wingding branla la tête pendant un bout de temps, puis nous montâmes les caisses à poisson et les lignes dans la barque. Eddie enfila ses gants orange et nous partîmes.

Nous nous sommes arrêtés à notre filet pour y faire notre provision d'appâts et nous nous sommes dirigés vers notre premier arrêt. Le ciel bougeait autour de nous et le phare tour à tour apparaissait puis replongeait dans l'eau. La barque montait sur une vague et redescendait de l'autre côté, mais il n'y avait pas de vent, pas de nuages et le soleil sortait de la mer comme une boule rouge.

Wingding jeta l'ancre et se pencha profondément par-dessus bord pour la voir descendre. Eddie découpa quelques calmars et nous avons amorcé nos hameçons.

Avant même d'avoir descendu nos hameçons assez loin, les morues survinrent. Wingding sortit la première. C'était la plus grosse morue que j'aie jamais vue. Wingding grognait et produisait des claquements. Il l'arracha de l'hameçon et la jeta dans la caisse sans même la regarder.

— Une morue! dit Eddie, et il fit son geste.

La morue d'Eddie apparut. Elle était de la même grosseur.

— C'est sa sœur! s'exclama Eddie. Peux-tu chanter? Peux-tu chanter? Chante «Ô Canada» pour nous, morue! Chante!

Ma ligne donna un coup et je stabilisai l'hameçon. Je commençai à tirer. C'était lourd. Le bateau descendait sur la pente d'une vague et je crus que ma prise s'était échappée. Non. Cela redevint pesant.

— Une morue! criai-je.

Quand elle parvint à la surface, j'attendis et regardai, puis je l'amenai très doucement jusque dans le bateau. Une manœuvre parfaite!

L'embarcation roula et je m'affalai par derrière dans une caisse à poisson avec les deux morues et la mienne par-dessus moi.

Eddie et Wingding en remontaient deux autres. Ils les arrachèrent des hameçons et les jetèrent sur moi sans regarder.

Wingding produisait ses claquements et Eddie répétait:

— De la belle morue! De la belle morue!

J'amorçai de nouveau mon hameçon. Je riais et parlais au calmar en coupant ses pattes et sa tête et son liquide éclaboussa mon poignet.

— Un beau calmar, disais-je, un beau calmar.

Les caisses se remplissaient jusqu'à déborder. Ça ne nous arrêtait pas. Nous jetions les grosses morues un peu partout.

Les lignes chantaient sur le bord de l'embarcation. Eddie allongea le bras alors qu'il tirait et tourna le bouton de son poste émetteur-récepteur. Personne ne parlait sur les ondes. Tu pouvais deviner que les autres bateaux étaient occupés aussi.

Nous tirions et halions.

Mes bras étaient si fatigués que je ne pouvais pas amorcer l'hameçon correctement. Mes poissons remontaient trop lentement. J'en perdis un comme je le sortais de l'eau.

Eddie et Wingding halaient furieusement. Poisson après poisson. Je m'adossai et fermai les yeux. Le bateau montait et descendait encore.

Quand j'ouvris les yeux, tout ce que je pouvais voir c'était un voile noir couvrant le soleil. Tout le ciel était bleu, sauf cet immense nuage noir.

Maintenant, un léger vent s'élevait. Des moutons apparaissaient sur l'eau.

Puis la morue cessa de mordre.

— Elles vont revenir, dit Eddie. Nous pouvons prendre un bon repos.

Nous écoutions les voix maintenant sur le poste et nettoyions un peu le bateau. Nous remplissions les caisses qui n'étaient pas pleines et nous poussions le reste de côté de façon à laisser nos lignes dégagées.

Soudain on entendit un appel du poste de radio. Pas un appel sophistiqué comme tu peux en recevoir en ville dans ta voiture avec un numéro spécial et un langage élégant. Quand ils appelaient le bateau d'Eddie pour parler de la pêche ou pour une blague, ils disaient seulement: «Eddie, tu es là?» Et Eddie allongeait le bras, pressait sur le bouton du récepteur et disait: «Que veux-tu?»

Et nous recevions l'appel.

— Eddie, es-tu là?

— Que veux-tu?

— C'est un message pour le garçon de la tante de la boutique.

— Oh! oui?

— Dis-lui que son père doit venir demain pour le chercher.

— Oh! comme c'est bien! Il a écrit une belle lettre à son père, tu sais.

— Il a quoi?

— C'est bien, ne t'en fais pas. Je vais le lui dire. Son père vient le chercher demain. Je vais le lui dire.

À ce moment-là, la morue recommença à mordre et Eddie cria: «La morue!», et nous commençâmes à tirer de nouveau.

Mes bras reprirent leur force à la nouvelle que papa viendrait le lendemain.

— Ton papa viendra te chercher demain, dit Eddie en décrochant une grosse morue de son hameçon.

— Très bien, Eddie, merci du message, répondis-je en décrochant moi aussi une grosse morue de mon hameçon.

— Clac! clac! s'exclama Wingding, en décrochant une énorme morue de son hameçon.

C'est étrange comme tu peux travailler cinquante fois plus fort si tu penses à quelque chose d'autre qu'au travail que tu dois accomplir. Comme pelleter l'entrée. Si tu penses à ce travail pendant que tu l'accomplis, tes bras vont se fatiguer pas mal vite. Mais si tu penses à autre chose, le temps de le dire et l'entrée est dégagée et tu t'en es à peine aperçu.

Alors on tira de la morue et je pensai à papa. Et nous nous sommes reposés, nous avons blagué et ri. Pendant ce temps-là, le vent prit de la force et l'embarcation s'éloigna de plus en plus, glissant sur de longues pentes maintenant, et l'eau était devenue plus sombre avec des crêtes plus blanches au sommet des vagues, et le ciel s'était assombri davantage et la morue persistait à revenir et je pensais à papa.

Je pensai aux fois où j'allais à la pêche avec lui dans une petite chaloupe à rames sur la Gatineau, quand j'étais plus petit. Pendant que je laissais traîner la cuillère le long de la rive, papa ramait et ses rames créaient de ces petits remous qui glissent à côté de toi le long de la chaloupe lorsque tu es assis à l'arrière. Et quand il commençait à pleuvoir, nous abordions sur une petite plage, tournions la barque à l'envers et nous nous glissions dessous jusqu'à ce que la pluie ait cessé. Comme était délicieux et rassurant le bruit de la pluie qui tambourinait sur le fond du bateau tout près de ton oreille!

Le vent était maintenant pas mal fort et l'embarcation roulait en tous sens. Nous avions tellement de poisson dans le fond du bateau que nos lignes commençaient à s'emmêler. Nous n'avions plus de calmars. Alors, on découpa de la morue pour nous en servir comme appât. Le ciel était toujours sombre et le vent était devenu assez fort pour faire bomber nos lignes.

Eddie se brancha sur C.B.C. pour avoir une idée de l'heure. Il était presque temps de rentrer. Tu pouvais le deviner par le programme. Le signal de deux heures allait bientôt se faire entendre. L'écume blanche passait maintenant par-dessus le bateau. Nous étions complètement trempés.

Puis nous l'entendîmes:

— ... au son du trait prolongé, il sera quatorze heures. Bip... Bip... Bip.

Je tirai ma ligne. La morue n'y était plus. Wingding retira la sienne et commença à l'enrouler.

— Bip... Bip... Biiiiiiip. Quatorze heures, heure normale de l'Atlantique.

— Un requin ! cria Eddie.

Je le vis faire son geste habituel, mais il ne tira pas. Il se contenta de tenir solidement sa ligne comme si elle s'était prise au fond de l'eau.

— Un requin! répéta Eddie. Ça va prendre quelques minutes, mais il va pas se sauver avec mon attirail de pêche!

Soudain la pluie nous tomba dessus. J'étais à moitié aveuglé, mais je pouvais voir Eddie qui avait commencé à tirer. Un gant orange s'élevait un peu pendant que l'autre agrippait la ligne rapidement: c'était comme si tu regardais un chien happer un gant de cuir dans sa gueule, puis le laisser aller pour s'en ressaisir aussitôt, se l'appropriant chaque fois un peu plus, tandis que tu tiens l'autre bout.

— Je veux mon attirail de pêche, se lamentait Eddie. Tu n'auras pas mon bel attirail!

Encore quelques coups. Un moment d'attente. Un long coup très doux, presque imperceptible, pendant que le bateau redescend une vague, puis un autre long coup.

Wingding commença à tourner la manivelle de l'ancre afin que le requin ne s'emmêle pas dans la corde. S'il allait s'y emmêler, il briserait la ligne et Eddie perdrait son hameçon, sa lourde barre d'argent et beaucoup de corde.

Wingding regarda l'ancre monter, son visage juste au-dessus de l'eau déchaînée. Puis il la souleva jusque dans le bateau, se penchant très loin au-dessus du plat-bord, mais Eddie était trop occupé pour s'en apercevoir. Wingding prit deux gaffes à l'avant du moteur et m'en donna une.

Il émit un claquement et je compris ce qu'il voulait dire.

Nous nous sommes placés de chaque côté d'Eddie et nous attendîmes avec nos gaffes. Quand le requin remonterait, nous aiderions Eddie à le soulever, chacun de son côté.

Le bateau descendit de côté le long d'une très haute vague. Eddie tira comme s'il n'y avait rien à son hameçon. Nous n'étions plus ancrés et le bateau faisait des bonds désordonnés. Nous descendîmes une autre pente et Eddie hala rapidement.

Soudain je vis le requin à la surface de l'eau. Il avait le corps très mince près de la queue, très large près de la tête, le dos bleu et le ventre blanc.

Le bateau pencha de notre côté et le requin s'écrasa contre sa paroi. Eddie commença à le sortir de l'eau et à le tirer le long de la paroi du bateau. Sa ligne sortait d'un coin de la gueule du requin. Wingding se pencha par-dessus bord et enfonça sa gaffe dans le côté de la tête du requin et commença à le lever.

J'enfonçai ma gaffe dans l'autre côté et commençai aussi à le soulever.

Eddie tira très fort sur la ligne.

On souleva le requin jusqu'à ce que sa tête soit légèrement au-dessus du plat-bord. Il avait une tête énorme. La ligne sortait encore du coin de sa gueule. Ses yeux étaient grands ouverts. L'un d'eux me regardait. L'autre regardait Wingding.

Eddie chercha son couteau d'une main pendant qu'il tenait la ligne de l'autre. Il allait couper la gorge du requin afin de lui ouvrir la gueule et reprendre son attirail de pêche.

Pendant un moment je pensai à la veuve Weed. «N'embarquez jamais un requin dans un bateau», disait-on. J'étais heureux de ce que nous n'allions pas le faire. Eddie allait lui trancher la gorge là où il se trouvait, sur le rebord du bateau.

Le vent hurlait en nous traversant le corps et la pluie nous fouettait la figure.

Le requin était toujours suspendu là, immobile, nous regardant tous les deux, Wingding et moi.

Puis Eddie parla au requin:

— Tu ne perceras plus de beaux trous dans mes filets avec ta sale gueule, hein?

Il avait levé son couteau, mais tout à coup le bateau pencha du côté du requin et lui fournit beaucoup d'eau. Nous fixions l'eau profonde et sombre et l'écume blanche quand le requin devint furieux, battant rageusement l'eau de sa queue, et la première chose que je vis ce fut Eddie qui se penchait loin au-dessus du bord avec sa main droite sur le museau du requin et sa figure presque dans l'eau. Je vis le gant orange d'Eddie descendre et je l'entendis crier. La gaffe était restée dans ma main sans pesanteur au bout.

Celle de Wingding vola en l'air. Eddie laissa tomber son chapeau à l'eau pendant qu'il se redressait.

Le sang giclait de sa main et, à la place de son pouce, il y avait de la chair déchiquetée et un os blanc.

Il s'assit, la figure blanche. Il saisit sa main en sang avec son autre gant orange:

— Bon, maintenant, est-ce que c'est pas bien? dit-il à travers les hurlements du vent. Est-ce que ce n'est pas bien?

Je ne me souviens plus exactement de ce qui s'est passé par après.

Je sais que Wingding mit le bateau en marche et je trouvai des bouts d'étoffe pour bander la main d'Eddie. Le sang coulait toujours et Eddie regardait droit devant lui.

Dès qu'il eut mis le moteur en marche et embrayé, Wingding se pencha par-dessus bord pour regarder l'eau, selon son habitude. Il pointait son doigt vers l'eau et lançait ses claquements: «Clac! clac!» On fit un grand cercle, puis on se dirigea vers la maison. Wingding pointait toujours son doigt vers l'eau et n'arrêtait pas ses claquements. À mesure que nous nous éloignions, Wingding, qui regardait en arrière, continuait ses claquements, n'arrêtant pas de pointer le doigt vers le même endroit. Son regard m'effrayait. Ses yeux brillants s'ouvraient et se fermaient à tour de rôle et ses claquements avaient maintenant un ton menaçant.

138

Il avait l'air de vouloir tuer quelqu'un.

Eddie regardait droit devant lui, assis sur notre tas de morues, tenant sa main. Sa ligne rompue pendait sur le côté du bateau, claquant dans le vent, et la pluie cinglait tout autour de nous.

Wingding avait poussé le moteur au maximum, et nous volions vers la rive.

Soudain, je me souvins du poste émetteur.

Je le mis en ondes et commençai d'appeler. J'oubliai les phrases d'usage au début et me contentai de crier:

— N'importe qui, n'importe qui, ici le bateau d'Eddie. Répondez, s'il vous plaît, répondez, s'il vous plaît... !»

J'eus une réponse immédiate.

— D'accord, bateau d'Eddie. Qu'est-ce qu'il y a? Où est Eddie?

— Eddie est blessé. Il a besoin d'un médecin. Nous revenons vers la rive.

— Que veux-tu dire par blessé?

— Un requin. Du sang. Un médecin.

Puis ils débranchèrent.

La pluie diminua un peu et le vent se déchaîna. Wingding regardait vers l'avant, mais de temps à autre il regardait en arrière, pointait du doigt et «claquetait», comme si sa mâchoire allait se décrocher.

Je pouvais maintenant voir le phare et Wingding nous conduisit dans la baie, dans un espace étroit entre les rochers d'où s'élevait une poussière d'eau.

Eddie restait assis là, avec son gant orange qui serrait les morceaux d'étoffe autour de sa main sanglante.

Je n'avais jamais su jusque-là combien Wingding était fort. Quand nous sommes arrivés au quai, la marée s'était retirée et le bateau se trouvait beaucoup plus bas que d'habitude.

Eddie était pas mal faible. Il se leva, tenant sa main blessée avec l'aide de son autre main.

Wingding se plaça derrière Eddie et passa un bras autour de sa taille. Puis il le souleva comme un mannequin de vitrine et grimpa l'échelle avec lui. Il agrippait les barreaux de sa main libre comme un chien affamé.

D'autres pêcheurs aidèrent Eddie à se rendre du quai à une voiture. Il y avait là un médecin avec sa trousse.

Je courus derrière. Je pouvais voir la dame du phare à l'arrière de la voiture. Ils aidèrent Eddie à monter près d'elle. La vitre de son côté était à moitié ouverte. Je regardai Eddie:

— C'est bien que ton père vienne. Est-ce que ce n'est pas bien? dit-il, la figure toute blanche.

— Oui, c'est bien. Comment te sens-tu?

— Peux-tu aider Wingding à nettoyer la prise?

— Oui. Te sens-tu mieux?

— C'est une belle prise.

La voiture s'éloigna et je vis Eddie placer sa tête sur l'épaule de la dame du phare.

Le médecin s'occupait de sa main.

Des touristes prenaient des photos, mais pas beaucoup, car le jour était très sombre et le vent faisait s'envoler leurs chapeaux.

Je regardai en arrière vers le quai et vis Wingding déjà revenu dans le bateau et déchargeant le poisson.

Une caisse remplie de poisson, c'est très lourd. Il y a un treuil sur le quai dont les hommes se servent quand la marée est basse pour hisser les caisses. Wingding ne s'en servait pas. Il lançait les caisses du bateau sur le quai. Les caisses atterrissaient sur le quai et le poisson glissait dans toutes les directions.

Je pris la grosse pelle et me mis à remettre les poissons dans les caisses à mesure que Wingding les lançait sur le quai. Le vent devenait de plus en plus furieux. Tout ce que tu pouvais voir, c'était le poisson qui volait, atterrissait sur le quai, rebondissait et glissait tout autour.

Puis la figure de Wingding apparut au haut de l'échelle. Je me souviens exactement de quoi elle avait l'air. Je l'ai là, gravée dans ma tête.

Il avait le museau plus émoussé que jamais et ses rides semblaient tirées vers les oreilles comme si quelque chose lui tendait la figure par derrière. Ses narines se dégon-

flaient puis enflaient, et il avait les lèvres ser-
rées et comme collées.

Ses yeux, du fond de leurs cavités, brillaient et brûlaient.

Puis sa main apparut et saisit le dernier
barreau. De l'autre main, il tenait son couteau. Il avait l'air prêt à tuer quelqu'un.

Près de la table à dépecer se tenait un petit groupe de touristes qui attendaient que
Wingding commençât son travail. Il y avait
un autre groupe sur la route, se serrant les
uns contre les autres à cause du vent et attendant.

Je couvris de poisson la table à dépecer
et Wingding prit position avec son couteau.

Il en donnait quatre coups: un pour le
ventre, un autre pour la tête, deux pour les
nageoires arrière, puis, il vidait le poisson. Il
lança avec force les deux premiers qu'il ve-
nait de nettoyer, avec leurs têtes, leurs entrailles et leurs nageoires arrière, vers le
groupe de touristes sur le quai. Ces derniers
levèrent les mains pour se protéger et commencèrent à reculer. Puis ils tournèrent les
talons et s'enfuirent.

Un touriste reçut une tête de poisson et
un paquet d'entrailles en plein dans le dos de
son paletot de touriste. Un touriste se retourna pour prendre une photo rapide de
Wingding lançant têtes et entrailles. Il ne fut
pas assez rapide. Tout juste comme il prenait
la photo, les entrailles et la tête d'une grosse

142

morue bien grasse éclaboussèrent son appareil, ses mains et sa figure.

Maintenant, tout revolait dans les airs et partait au vent. Wingding et le vent devenaient tous deux complètement dingues. Le vent poussait tout vers le mur de la cabane à pêche et les mouettes s'y écrasaient, se battant entre elles pour leur repas jusque dans l'eau.

Puis le vent changea et tous les déchets de poisson s'abattirent comme une pluie d'immondices sur les touristes groupés sur la route. Ils criaient, couraient, enlevaient des détritus de leurs chapeaux, de leurs épaules, et nettoyaient leurs enfants.

Et les bras de Wingding montaient et descendaient et la morue nettoyée tombait dans la cuve, une toutes les huit secondes — plop ! — dans la cuve — plop ! — une autre — huit secondes — dans la cuve — et hop ! volaient dans les airs les têtes qui ressemblaient toutes à Frank, l'ami de papa, avec leurs yeux globuleux et leurs dents pointues — et les entrailles, les cœurs des poissons et leurs foies, leur sang et leur humeur visqueuse, leurs nageoires, tout cela dans le vent furieux. Les touristes fuyaient dans toutes les directions et Wingding continuait son jeu infernal avec des claquements, les yeux brûlants et brillants, et sa face reflétait une espèce de désir de tuer quelqu'un.

On sala la morue dans la cabane à pêche, puis on la plaça dans le baril. Ensuite, Wingding alla s'étendre sur une pile de sacs dans un coin de la cabane à pêche, la figure contre le mur.

Je restai là longtemps dans l'espoir de le voir se retourner vers moi et faire un de ses claquements, après quoi nous aurions pu engager une conversation pendant un bout de temps.

Mais il ne se retourna pas.

— Aimerais-tu venir chez tante Fay et voir si elle a du gin?

Un claquement vers le mur.

— Eddie va se remettre. Les médecins vont guérir sa main.

Silence.

— C'est demain dimanche. Pas de pêche demain. Peut-être que nous pourrions aller à Halifax et le voir à l'hôpital.

— Clac! clac!

J'attendis encore longtemps, jusqu'au moment où je crus qu'il s'était endormi. Puis je sortis silencieusement de la cabane à pêche sur le quai. Je refermai la porte doucement, tenant la poignée ferme pour empêcher que le vent ne la fasse claquer et ne le réveille.

Soudain, il se mit à lancer des claquements comme un fou. Je revins à l'intérieur, croyant qu'il m'appelait, mais non! Il avait encore la figure tournée vers le mur. Je pouvais deviner par ses claquements qu'il se parlait à lui-même.

Ou était-ce vraiment le cas?

Je n'y pensai pas à ce moment-là, mais je sais maintenant qu'il parlait à quelqu'un qu'il aimait. Il parlait à Eddie.

Seul, feignant qu'Eddie était là et lui parlant. Lui disant ce qu'il allait faire, ce que je ne pouvais deviner puisque je ne comprenais pas ce qu'il disait.

Wingding aimait Eddie. Et il allait faire quelque chose pour le lui prouver. C'est ce qu'il lui disait, tourné vers le mur.

Un peu comme je l'avais déjà fait avec papa.

17

Cette nuit-là, la tempête empira.

Tante Fay et moi prîmes notre souper, puis elle ferma la boutique de bonne heure, car la pluie et le vent avaient chassé tous les touristes. La pluie fouaillait les vitres et la vieille maison craquait comme un bateau vétuste sur une mer démontée.

Papa viendrait le lendemain soir.

Je demandai à tante Fay si nous pouvions nous rendre à Halifax le lendemain pourvoir Eddie à l'hôpital et emmener Wingding avec nous. Elle me dit qu'elle devait y aller de toute façon pour prendre papa. Alors, nous pourrions partir un peu plus tôt et voir Eddie avant de nous rendre à l'aéroport.

Cela me ragaillardit.

J'enfilai mon pyjama, puis tante Fay monta et s'assit au bord de mon lit. J'étais là, étendu et essayant de lire un livre, mais je ne pouvais me concentrer.

— Tu avais raison, dis-je, il va revenir.

— C'est un homme bon, ton père.

— Eddie aussi, Wingding aussi !

— Et toi aussi, jeune homme.

— Que veux-tu dire?

— Wingding n'aurait pu lancer un appel sur le poste émetteur. Grâce à ton cri d'alarme, la voiture et le médecin ont été prêts au bon moment. Si tu n'avais pas été là, la situation aurait pu être très grave. Il faut attendre le médecin longtemps ici. Et l'hôpital le plus proche est à Halifax. C'est loin quand on a une blessure aussi sérieuse que celle d'Eddie ! Tous les pêcheurs parlent de toi comme d'un héros.

Je dévisageais la bonne figure de tante Fay.

— Comme j'aimerais que papa soit ici en ce moment, dis-je.

Nous avons parlé encore un peu, puis je dus m'endormir, car je me rendis compte tout à coup que ma lumière était éteinte.

Le vent faisait trembler la fenêtre.

Tante Fay était toujours assise sur mon lit.

— Pourrais-tu voir si la lumière de Wingding est encore allumée dans l'école? lui murmurai-je.

Elle me dit que oui, me donna un baiser sur le front et partit, fermant la porte derrière elle.

Je m'enfonçai profondément dans mon lit et m'endormis. Mais je me réveillai souvent.

Ou peut-être était-ce seulement dans mes rêves que je m'éveillais. Je crus voir les vagues ramper à mi-chemin sur la pente du phare, puis se retirer avec fracas, secouant toute la pointe. Je crus voir le requin mâchonnant le pouce d'Eddie comme si c'était une espèce de bretzel, faisant claquer ses mâchoires et rouler ses yeux, un vers moi, l'autre vers Wingding. Et Wingding qui lui répondait avec ses propres claquements, tous deux se dévisageant réciproquement. Je crus voir tante Fay, les mains en œillères autour de ses yeux, jetant un coup d'œil dans la fenêtre de l'école et surprenant le Tambour avec des tas de ceintures de cuir indien, de canadiennes, de sculptures en pierre à savon et des sacs de plastique remplis de butin volé. Et je crus voir un jeune garçon qui me ressemblait chassé par des hordes de touristes, tous criant, enragés, me montrant du doigt, brandissant des jumelles et des appareils-photo et se lançant à toute vitesse dans leur Winnebago pour me passer dessus. Et je crus entendre les mouettes crier et le vent hurler. Et je crus entendre un moteur accélérer, avec un son à la fois pétillant et mousseux, le son du bateau d'Eddie.

Je dormis jusqu'aux environs de dix heures. Le soleil brillait dans ma fenêtre et le vent hurlait encore un peu, mais je sentais que ce serait une belle journée pour l'arrivée de papa.

En bas, tante Fay était au téléphone:

— Non, il n'y est pas, disait-elle. J'ai regardé à l'intérieur de l'école et il n'est pas là, sa lumière est allumée. Ça m'a tout l'air qu'il est parti tôt ce matin.

— Wingding? criai-je d'en haut.

— Oui, répondit tante Fay comme elle raccrochait. Quelqu'un a pris le bateau d'Eddie ce matin. Ça doit être Wingding. Un des gars va aller voir comment il est. Ils disent que la mer était terrible la nuit dernière et ce matin.

Je courus au quai. Des pêcheurs étaient assis dans leurs bateaux, vérifiant leurs radios.

Vers midi, trois bateaux partaient en reconnaissance.

Pas de signe du bateau d'Eddie.

À trois heures, ils appelèrent la patrouille du rivage et décrivirent le bateau.

À quatre heures, ils eurent la réponse.

C'était bien le bateau d'Eddie.

— Et l'homme à bord, comment est-il?

— Il n'y a personne à bord.

— Personne?

— Non. Seulement un requin avec la gorge tranchée.

Au moment où tante Fay partait pour Halifax afin d'y prendre papa, il y avait une foule énorme autour du quai, attendant l'arrivée du bateau d'Eddie que l'on remorquait.

J'attendis, les jambes ballantes au bord du quai. Puis j'entendis le bruit du moteur et je

150

vis le bateau qui s'engageait dans la passe étroite. Son ancre levée pendait près du treuil.

Il fallait que je me rende compte par moi-même que Wingding n'y était pas. Étrangement, je pensai que si je regardais dans le bateau, je serais capable de le voir là, même si personne d'autre ne le voyait.

Mais je savais dans mon cœur qu'il n'y était pas.

Tout ce que je pouvais voir, c'était les caisses à poisson vides, les gaffes, les lignes bien enroulées.

Et une entaille rouge et blanche sur une gorge affreuse.

Le gars qui conduisait dit qu'il avait tout laissé comme il l'avait trouvé pour que nous voyions par nous-mêmes.

Tous et chacun se parlaient en même temps.

— Il a halé le requin à bord, lui a coupé la gorge, puis est tombé à l'eau en levant l'ancre.

— Il avait toujours cette habitude de trop se pencher pour voir l'ancre remonter.

— Comment pour l'amour de Dieu a-t-il pu tirer ce poisson à bord tout seul?

— Regardez! Il y a deux lignes à pêche dans le requin: l'une d'elles est coupée.

— La ligne coupée est celle d'Eddie, dis-je. Demandez-leur d'ouvrir le requin. Ils y trouveront un gant orange.

— Il a dû se pencher trop loin — avec ce grand vent — le bateau a perdu son équilibre et l'a laissé là — il n'avait pas de chance de s'en tirer, le pauvre, dans cette mer déchaînée.

— Ça, c'est tout à fait Wingding !

— Après tout, il a quand même rapporté le gant d'Eddie!

— Oui, et en bon état par-dessus le marché.

— Quelque trace du pouce?

— C'est pas mal difficile de trouver un pouce dans cette bouillie. De toute façon, il doit être presque tout digéré.

— Wingding est un héros.

— Wingding est parti.

— À jamais.

— Pauvre Wingding !

18

Tante Fay rangea sa voiture dans l'entrée, à côté de la boutique. Je vis papa en sortir. Tante Fay pointait son doigt vers le quai et il regardait dans cette direction.

Je quittai le quai en hâte, descendis la route en courant vers la boutique.

Je ne pleurais pas.

Je butai contre lui, essayant de l'entourer de mes bras. Il me souleva. Il avait l'air de se sentir bien.

Nous nous tenions à l'endroit parfait pour prendre une photo parfaite. Les touristes nous entouraient de tous les côtés. Les mouettes s'affolaient. C'était une journée parfaite à Peggy's Cove.

Papa commença à parler.

— J'ai appris que Wingding s'est noyé. C'est bien triste. Je sais qu'il était un de tes amis. Je le regrette.

— Je l'aimais vraiment, répondis-je.

— Je regrette de n'avoir pu faire sa connaissance.

— Il ne pouvait pas parler. Je ne peux m'empêcher d'imaginer son visage dans l'eau alors que le bateau s'éloignait. Essayant de dire quelque chose. Pauvre Wingding ! Produisant ses claquements dans l'eau quand le bateau flottait au large.

Les touristes discutaient et se photographiaient mutuellement. Un gars, qui essayait de prendre une photo à très courte distance d'une mouette, tomba la tête la première dans l'eau de la baie et remonta décoré de peaux et d'humeur visqueuse de poisson.

Les mouettes se querellaient et criaient.

Mais, papa et moi, nous nous tenions dans un cercle de silence tout à nous.

— Reviens-tu à la maison? demandai-je.

— Oui. J'ai été un peu dingue pendant un bout de temps, mais je suis bien maintenant.

— Est-ce vrai que tu te parles à toi-même? ajoutai-je, le regardant droit dans les yeux.

— Mais oui, c'est vrai. Qui t'a dit ça?

— Tante Fay.

— Bon, elle devrait le savoir, dit papa en riant. Elle aussi se parle à elle-même. Et pas toi? Et pas tout le monde?

Une mouette posait pour une photo sur le nez du bateau d'Eddie.

— Je pense que oui, répondis-je.

Un bras de papa entourait mes épaules:

— De toute façon, comment vas-tu? J'ai appris que tu es une espèce de héros, ajouta-t-il.

— Oui, peut-être.

Après une pause, je continuai:

— Je t'ai écrit une lettre, tu sais. Je l'ai mise à la poste il y a deux jours. Je pense que tu ne la recevras jamais.

— Probablement que non. Je ne retournerai pas où je suis allé. De toute façon, tu peux me dire ce qu'elle contient.

Nous nous sommes mis à marcher vers la maison de tante Fay.

Puis nous nous sommes arrêtés.

Nous nous tenions à l'endroit où je me trouvais avec l'agent de police et le Tambour.

— Moi aussi, je me parle à moi-même, tu sais, dis-je.

— Oh! Et à qui parles-tu? Qui imagines tu près de toi?

Je le regardai comme jamais je ne l'avais fait auparavant:

— Toi, dis-je.

— C'est étrange, dit papa. Dernièrement, la plupart de mes conversations se tenaient avec toi. C'est pas mal formidable, n'est ce pas?

— Oui, répondis-je en écho, c'est pas mal formidable.

Puis je lus dans sa figure que tout allait s'arranger.

Je mis un pied sur l'autre et m'appuyai contre lui comme sur une photo de nous accrochée à un mur de notre maison. Cette photo nous montre tous les deux, papa et moi. Papa se tient droit, les mains profondément enfoncées dans les poches, les jambes écartées. Il porte sur la tête une vieille casquette de chemin de fer que nous avions gardée d'un voyage que nous avions effectué dans l'Ouest. Sur la photo, je me tiens à ses côtés, avec les mains dans mes poches et je m'appuie légèrement contre lui. Je porte moi aussi ma casquette de chemin de fer. Ma jambe gauche est croisée sur la droite et j'ai l'air d'être soutenu par lui. Sur la photo, si je bougeais, je perdrais probablement l'équilibre et tomberais en avant.

Sur la photo, mon oreille arrive à sa ceinture.

Maintenant, mon oreille atteignait presque sa poitrine. Je m'appuyais un peu contre lui.

Un appareil-photo dans ma tête commença à fonctionner. Je pouvais nous voir tous les deux là-bas, entourés de millions de touristes et de mouettes.

J'imaginais l'appareil qui reculait, reculait et montait jusqu'à ce que l'on puisse voir Peggy's Cove tout entier, avec l'écume s'écrasant contre le phare et éclatant en millions de perles blanches sur les vagues qui retraitaient dans un fracas de tonnerre, et les belles couleurs et les bateaux au large sur la mer et les touristes minuscules qui couraient un peu partout et les petits points blancs qu'étaient les mouettes.

Et les deux formes minuscules et figées au milieu de tout cela, c'était papa et moi.